| 中国当代研学丛书 |

文化

词中城市

触摸人文世界的宋朝城市

吴琳 | 著

图书在版编目（CIP）数据

词中城市. 触摸人文世界的宋朝城市／吴琳著. ——
北京：中央编译出版社，2020.3
ISBN 978-7-5117-3784-7

Ⅰ. ①词…
Ⅱ. ①吴…
Ⅲ. ①宋词—诗词研究
Ⅳ. ① I207.23

中国版本图书馆 CIP 数据核字（2019）第 285579 号

词中城市. 触摸人文世界的宋朝城市

出 版 人：	葛海彦
责任编辑：	李南男
责任印制：	刘　慧
出版发行：	中央编译出版社
地　　址：	北京西城区车公庄大街乙 5 号鸿儒大厦 B 座（100044）
电　　话：	（010）52612345（总编室）　　（010）52612339（编辑室） （010）52612316（发行部）　　（010）52612346（馆配部）
传　　真：	（010）66515838
经　　销：	全国新华书店
印　　刷：	三河市华东印刷有限公司
开　　本：	710 毫米 × 1000 毫米　1/16
字　　数：	173 千字
印　　张：	14.5
版　　次：	2020 年 3 月第 1 版
印　　次：	2020 年 3 月第 1 次印刷
定　　价：	89.00 元

网　　址：	www.cctphome.com	邮　箱：	cctp@cctphome.com
新浪微博：	@中央编译出版社	微　信：	中央编译出版社（ID：cctphome）
淘宝店铺：	中央编译出版社直销店（http://shop108367160.taobao.com）（010）55626985		

本社常年法律顾问：北京市吴栾赵阎律师事务所律师　　闫军　　梁勤
凡有印装质量问题，本社负责调换，电话：（010）55626985

目 录

绪　论 ·· 1
  1. 包容文化 ··· 1
  2. 城市是包容文化的容器 ··· 3
  3. 以包容的心态看待宋词中的城市 ···································· 6

一、宋代的城市味道 ·· 9
  1. 由封闭转向开放的街市格局 ··· 9
  2. 城市户籍制度的完善 ·· 15
  3. 园林化的城市建筑 ··· 17
  4. 人文化的城市景观 ··· 19
  5. 浪漫、迤逦、平实的都市格调 ···································· 26
  6. 那时的城市"黄金时代" ·· 29

二、词中元宵 ··· 33
  1. 都市狂欢夜 ··· 33

2. 那时的"黄金周" ………………………………… 41
3. 华灯、美女 …………………………………… 45
4. 人月圆 ………………………………………… 51

三、词中清明 …………………………………… 55
1. 印象中的清明没有游戏 ……………………… 55
2. 古代清明踏青郊游 …………………………… 56
3. 行乐过清明 …………………………………… 60
4. 游戏过清明 …………………………………… 67

四、词中端午 …………………………………… 72
1. 赛龙舟 ………………………………………… 73
2. 系百索 ………………………………………… 78
3. 吃粽子、摆花、遛马、逛集市 ……………… 82

五、那些与今天相似的中国味 ………………… 87
1. 春节"忙年" ………………………………… 88
2. 初一"逛街" ………………………………… 89
3. 兄弟情谊深厚 ………………………………… 91
4. 贺生日的话质朴 ……………………………… 93
5. 贺新居的话雅致 ……………………………… 96
6. 祝新婚的顺口溜喜庆 ………………………… 98

六、词中休闲 …………………………………… 100
1. 城市"流行歌曲" …………………………… 100

  2. 游湖 …………………………………………………… 104

  3. 游园 …………………………………………………… 109

  4. 观潮 …………………………………………………… 112

  5. 闲愁 …………………………………………………… 115

  6. 离歌 …………………………………………………… 122

  7. 另一种离别 …………………………………………… 129

  8. 雅致 …………………………………………………… 133

七、词中新贵 ………………………………………………… 139

  1. 科举扩招、新贵大量产生 …………………………… 140

  2. 被贬 …………………………………………………… 146

  3. 流放 …………………………………………………… 151

八、词中红颜 ………………………………………………… 155

  1. 成才 …………………………………………………… 157

  2. 说话得体 ……………………………………………… 174

  3. 淡妆、罗裙、柳腰身 ………………………………… 182

  4. 对感情的执着 ………………………………………… 185

九、繁华都市外的乡村 ……………………………………… 191

  1. 农民负担重 …………………………………………… 194

  2. 城乡、地区差别大 …………………………………… 200

  3. 农业专业户大量出现 ………………………………… 203

十、回望都市 ·· 206

  1. 画是一种思念，词也是 ····························· 206

  2. 文化、传统也是思念和记忆 ························· 208

  3. 知音元宵节联想 ··································· 210

  4. 宋词中的人文景观引人深思 ························· 214

后记　让城市形象更加优雅 ································ 218

致　谢 ·· 224

绪 论

1. 包容文化

首先,笔者认同这样的观点,中国现代化的成就,主要是结合中国的实际,学习世界现代化观念与经验的结果。

此外,笔者也认同,创新是对传统最好的延续。在现代的视野下,解读传统文化中对现代人有积极意义的方方面面,在对过去和现在的思考中解决新问题、增加新知识,或许是传承传统,形成新传统的有益探索。

在这个城市化的时代,哪些是传统中对现代仍然有益的东西呢?

中国已走过百年现代化的进程,今天,我们的生活与传统中国乡村社会似乎已经脱节。就范围和喜爱程度而言,在我们生活中外来的东西已经深深地影响了我们的生活——以前在民国流行的是外国的面包、西餐、牛奶、啤酒、红酒、芭蕾、漫画、西装、拳击运动、国际象棋、比基尼、钻石等东西,现在又加进了汉堡包、比萨饼、摇滚乐、行为艺术、卡拉OK、迪士尼乐园、好莱坞大片等在大小城市都风行的"世界元素"。

但是，像许多人所认同的那样，唐诗宋词仍然是对现代有益的东西之一。

在加快推动城市化、工业化、现代化进程的今天，如果静一静心，读一些唐诗宋词，会感觉到中国文化寄情于山水园林，在花园城市中的节日狂欢以及迎来送往的节日礼俗，在今天也会有很大的魅力。

如果静一静心，读一些唐诗宋词，体会到中国古代意境中的小桥流水、庭院深深和日常生活中细微之处的优雅，在寻找自己文化精神资源的同时，也会加深对中外文化比较的认识。

高文化素质的国民，是国家兴旺繁荣的必备条件。对高端人才的渴求，也重新引起了人们对学习古诗古文等人文教育的重视。自西方文明在几百年前以"社会分工"、科技发展启动全球近代化历程以来，崇尚学习技术和专业在中国已经形成一种习惯和思维定式，"学好数理化，走遍天下都不怕"，"理科成绩不好的，去学文科，文科成绩不好的，去学哲学"等观念存在于现实生活之中。

但是，从对西方历史的不断认知和对著名科学家的了解中，我们可以看到，人文教育与科学技术一样，也是推动人类文明和人的发展的基础性力量，是个人成功或文化传承的真正谜底。在解析杨振宁的学习生活时，人们不难发现"杨振宁加唐诗三百首"现象；在阅读爱因斯坦的传记时会发现，他是一位世界级的专家，但在读书和日常生活的爱好方面，有着强烈的"通识"和"博雅"趣味。这并不是少数现象，在许多大科学家以及大企业家的成长和成功经历中都会发现，支持他们克服人生和事业重重难关的，除了专业本领以外，还有良好的人文修养给予他们的信念和高雅的生活情趣。

随着经济的发展和国力的增强，传统文化越来越受到重视。清明、端午、中秋等传统节日被国家规定为法定节假日，不时耳闻目睹许多国家级以及地方的传统文化活动以及以传统文化为内容的文化创意产业，还有不断上升的显示古代艺术品价值的各种市场指标等。

市场化是一种不容忽视的巨大力量，在这些对传统文化有保护的市场行为中增加对传统文化的包容，多一些载体让我们持续地接触了解那些文化、亲近喜欢那些文化，或许正是我们现在需要努力的方向。

在中国经济快速发展起来的时候，让我们自己在文化传统方面也练练内功，花些精力把中国几千年传统文化中的具有活力的好东西带进我们现代的生活，让中国传统文化中的活力融入世界文明潮流中，而不是任其"深院月明人静"——这样的观点、想法正在成为越来越多人的共识和期盼。

《词中城市》这本书就是在这样的想法引导下努力的结果。

《词中城市》不是一本研究历史或者宋词的专著，只是笔者结合对宋词的学习，对城市研究以及对当前城市化发展的一些体会和思考，这些体会和思考只是个人的认识和看法，不完善和不对之处恳请读者指正。

2. 城市是包容文化的容器

包容，不能使城市立刻显示出分量，不能够使城市立刻产生竞争力和经济效益，但是包容可以使城市产生吸引力和引导力。城市的包容和理性，可以使人乐居和产生希望；城市的包容和理性，可以使城市接受更多的"文明输血"，带来城市的创新和发展；城市的包容和理性，无疑也促进了市民个人的包容和理性。

自公元1500年以来，世界头号大国从荷兰变为英国，在20世纪，从英国变为美国。回溯这些国家的发展史，可以看到以阿姆斯特丹、伦敦、纽约为代表的大都市所具备的包容和理性气质，不仅使它们所在的国家受益，也使这些城市因为接受"文明的输血"充满创造力，立于世界著名都市之列。

这些城市的包容，体现在吸引资金和人才时的开放和容忍。对新兴的资产阶级而言，许多封建时代的宗教、信仰不为他们所信，但是为了资金和人才，为了自身的发展壮大，他们可以妥协、包容，或者对那些宗教、信仰部分地加以改造并为自己的发展所用。

阿姆斯特丹曾经接待欧洲所有的难民，无论他们是遭受驱逐的葡萄牙人、犹太人，还是将国家权力与宗教权威混为一谈的来避难的法国新教徒。这些人大多是手工业者、银行家和知识分子，这些人也是那个时代城市发展需要的人才。

英国在从荷兰夺得大国地位前，已经受益于这个邻国的"文明输血"：荷兰创造了世界上最早的证券交易市场、金融管理的规则制度以及那些现代经济高速运行的许多基本元素——比如以契约为基础的诚信系统等。

政治是经济的集中反映，经济上的创新发展也推动政治上的发展创新。新兴的资产阶级在经济上取得的利益必须用有利于他们的制度才能得以保证，而他们遇到的强大敌人是封建社会遗留的特权制和等级制，以及与这些制度相适应的皇权思想和宗教观念。打破封建社会遗留的特权制和等级制以及与这些制度相适应的皇权思想和宗教观念对人们思想的束缚，保证新兴资产阶级在经济上的利益合理合法，是新兴资产阶级在政治上的紧迫任务。洛克、孟德斯鸠等一批政治思想家将他们充满理性和人性的民主、法制的专著发表于世，进而推动了英国乃至整个资本主义社会制度与精神的发展。

但是，伦敦并不是只欢迎经济技术人才、政客，伦敦也对哲学家产生吸引力。比如伏尔泰，他在伦敦居住时读洛克的《论宗教的包容》，后来他写出《论包容》，以此向洛克致敬。

同样，美国在成为大国的过程中，也从欧洲，特别是英国那里承袭了才干、技术、科学和企业精神等方面更优秀的因素而变得闪闪发光。不仅如此，美国在停止对英国人的依赖而独立建国时，也从英国那里继承了制度精神——一种比单纯的技术转让更有意义的"文明输血"。

从西方人留下的记述中国的许多著作中，可以看到西方不断被中国魅力所吸引之处——古老中国文化中体现的礼仪、自省、和谐。从早些时候的传教士到后来的作家、旅行家、记者等，他们在北京的某个四合院里，在上海的某个租界里，感受到这里的生活与西方完全不同。他们把自己吸收的中国文化传回西方社会，所以才有我们今天看到的许多陌生而又亲切的场景：他们会以国家的名义给孔子过生日，他们也流行儒家的经典语录"己所不欲，勿施于人"，等等。

我们选择了改革开放，离不开包容和理性。改革开放使我们的生活发生了巨大的变化，我们的城市发生了巨大的变化，如果我们想继续追寻美好的生活和更宜居的城市，那么，坚持思想观念上的包容和理性必不可少。

如果因为包容我们有了发展的机遇，让我们继续包容；如果因为发展，我们冷漠了包容，让我们坚持包容。

包容，不仅要对外来的好东西开放、包容，也要对自己传统中的优秀文化开放、包容。

3. 以包容的心态看待宋词中的城市

2010年世博会张扬的"城市，让生活更美好"的理念，已经为大家所熟知。在做城市研究和读宋词的时候笔者发现，宋代当之无愧体现了"城市，让生活更美好"的理念。

"城市，让生活更美好"的第一个时期是人类从游牧社会进入农业社会时期。为了获取大自然的天时地利，躲避天灾人祸，人们用围墙圈地，筑城而居，在封闭的高墙内创造宜居的生活。

"城市，让生活更美好"的第二个时期是宋代。

"宋代是我国封建社会发展的最高阶段。两宋时期的物质文明和精神文明所达到的高度，在中国整个封建社会历史时期之内，可以说是空前绝后的"。著名历史学家、被学界誉为"二十世纪海内外宋史第一人"的邓广铭曾这样评价宋代在中国历史上的地位。

这些达到空前绝后高度的物质文明和精神文明与宋代城市的大量产生和发展密切相关。

宋代废除历朝在城市实行的居住区与交易区分离并各自封闭的"坊市制"，使百姓在城市选择居住、择业的空间和时间自由度增大，使商业、贸易、娱乐成为城市发展的巨大推动力——商业街形成了，闹市产生了，一个个从未有过的繁华都市出现了。

宋朝的城市数量、规模以及城市居民数量和生活质量，不仅超过了同时代的任何国家和地区，也超过了宋代以前中国的所有朝代。

我们当今的生活、经济与宋代一脉相承，今天中国社会人们所熟悉的许多物质方面的消费享受、经济贸易都始于并发展于宋代。比如，货币的大量流通，火药以及火焰器、烟花的广泛使用，指南针的发明以及造船业和航海业的发达，天文时钟的发明，鼓风炉、水力纺织机的发明，开矿与炼矿在政府扶植下的大力发展，内陆河流舟楫繁密以及不漏水船舱对造船业的创新性推动等，都使中国内地贸易与国际贸易都达到了空前的高峰。

宋词是那个城市"黄金时代"的直接产物。

北宋以来，随着词的流行，词作为文人士大夫日常文化生活的一部分，在交际和工作应酬中占据重要地位。正因为如此，宋词中有很多都市风情、都市人文景观的描写，有很多关于城市生活的记叙。

这些词与唐诗一样，描写生活的精细、生动，感动着一千多年来的人们，使我们知道今天许多的生活感受原来很早的人们就如此深刻、多角度地表达和记录下来了，自然风光、日常待人接物，在古代的中国如此优美、雅致。正因为如此，唐诗宋词所描述的景象一直以来成为国人乃至世人景仰、模拟、追求的生活以及境界。唐诗宋词不仅在大学和专业研究所里有专家学者研究，它们也能够进入寻常百姓家。

与诗言志比起来，宋词大多以平淡的意味为主，所表现的都市生活体现的是一种婉约风貌。特别是在婉约派作者的作品中，那些词较少注重朝政、边塞时事等外部世界的"大事"，而较多注重小环境或日常私生活环境中的佳人、风月、花柳、歌舞、酒榭，较多反映的是城市休闲生活中特有的那些敏感、细腻、闲逸而又风情无限的情思、遐想、记忆、追求。

那些平淡、休闲的词，不得不引起现代人感慨：宋代文人笔下的都市竟如此浪漫、繁华。宋代文人眼中的京城更是一派海纳百川的大国风范。那里"葱葱佳气锁龙城"，天子圣明，礼乐纵横，万国神仰，被世人膜拜；那里美丽富饶、和平安宁、烟柳含情，呈现出的是锦绣王朝、

盛世画卷。"九陌六街平，万物充盈。青楼弦管酒如渑。别有隋堤烟柳暮，千古含情。"（裴湘《浪淘沙·汴州》）

20世纪30年代的上海被称为"东方巴黎"，那时候的武汉被称为"东方芝加哥"，后来的香港被称为"东方明珠"，但10世纪后期到12世纪初的中国宋代都城东京（今日河南开封）、临安（今日浙江杭州），从词作者的自信和那种难以忘怀的思念来看，它们就是当时世界首屈一指的大都市，它们当时不仅是东方的，也是世界城市发展的最高水平。

整个宋代历经300余年，扶持经济发展300余年，给中国和世界留下的最大的文化遗产，除了宋词，莫过于城市。

宋代城市的多姿多彩像宋词一样灿烂和丰富。

宋词不是那个时候的"史记"，但是是那个时候城市生活的必然产物。从这样的角度看宋词对生活的记录和描写，宋词比唐诗更休闲，更城市化。那些以记叙文人士大夫的日常生活为背景，以他们生活体验、感怀为主题的词，使我们体会到的是有别于历史教科书的另一个层面的历史，与上层人物、重要人物、重大政治事件相对的另一个层面的历史，使我们看到真实的城市生活场景，体会到真实的市民生活感受——他们如何过节、如何休闲、如何交友等。

让我们在一首首宋词中，回望那个时代城市节日的狂欢、城市休闲的雅致、人情往来的礼让……我们的先人曾经创造过的城市美好生活，是我们今天建设美好生活的借鉴。

一、宋代的城市味道

1. 由封闭转向开放的街市格局

宋代城市对我们今天的城市有着巨大的影响,我们今天的城市模式发源于宋代。

在唐及以前的中国,城市商业区与居住区各自封闭管理,酒楼、茶肆、店铺、市井、叫卖……这些在宋代以前的城市并非没有,但那是在有限制的时间和空间内存在的。豪华的亭台楼阁以前也只是建在皇宫里,豪华的酒楼茶肆沿街林立形成街景,被市民广泛享受,只是在宋代城市才开始出现。

我们现在的城市街道前店后厂、店铺林立这种开放的城市格局在宋代以前是不允许存在的,我们城市今天的许多"模样"都是从宋代流传下来的。

商店、酒家、民居、机关单位杂处交错形成街道,这种今天我们习以为常的城市模式起源于宋代;逛街购物、游园散步、吃早饭、宵夜……这些我们今天习以为常的生活方式,起源于宋代的城市。

今天城市的样子是从宋代开始的，现代城市最主要的构架——街市、夜市、早市，形成于宋代。

这些历史不仅有文字记载，也有考古发现为证。北宋都城东京（今河南开封）是以"城摞城"闻名的古城。由于黄河是高过地平面的悬河，古代无法完全控制河水泛滥，开封在古代曾经遭受过数次严重水灾，于是城市顷刻间被整体淹没；水灾过去后，那些不愿意离开故土的人在原地建起了新的城市，多次河水泛滥，开封城多次重演整体淹没的历史。现在从考古挖掘出的多层古城遗址中可以看到，历史上不同时期的一层城市与另外一层城市以及与今天开封市的南北中轴线重合，一层城市与另外一层城市多处出现道摞道、墙摞墙、市场摞市场的遗址。

宋以前的城市，街道是存在的，但是出于控制管理老百姓和皇室贵族安全的目的，街道的两边不准有经商的店铺以及民居，只特许相当级别的少数官员在路边建房，其余的百姓大众被圈居在某几个集中的地方，他们买卖东西在另外某几个被圈定的地点——宋以前的城市实行的是居住区"坊"与集贸区"市"分离的管理体制。这种坊市制，相对于以前严密封闭的城市管理是一种进步和解放。

自秦朝统一六国以来到唐朝，我国古代城市基本上是严密封闭的结构。在隋唐以前的城市中，城内居民是以封建统治者为主，一般市民、手工业者、商人则集聚城外，为了便于统治和安全，全城实行封闭管理，在这样的城市布局中，始终是封建统治者占据城的中心。

从隋唐开始，随着生产的发展、商业交易的繁荣，部分手工业作坊和市场开始进入城内。在这种情况下，统治者为了保护自身安全，规定城内的居民和市场要用围墙圈起来，市场定时开关决定权在政府。如唐代长安城内，除皇宫被封闭，居民被分住在100多个被称作"坊"的区域里，另有三两个称作"市"的商业区；规定不准朝向大街开店设铺，市门开闭的固定时间为：日中击鼓 200 下开市，日落前击钲 300 下散市。

但是，随着城市、商业的进一步发展，坊市制由发展动力变为阻力。

坊市制没有完全破除城市被高墙阻隔的封闭状态，城市内部居住区、商业区各自封闭，在时间和空间上既限制了工商业的发展，也给市民生活带来不便。

在坊市制的城市内，坊与坊之间、市与市之间有大道连接，但这些大道两旁没有商店，也没有普通的市民，只有三品以上的高级官僚府第才能临街开门。如果称这些大道为"街"的话，在那样的街上看不到今天大街上的繁华、喧闹，也听不到宋代城市街道上的叫卖声、吟诵读书声，当然更没有宋代繁华都市大街常见的车水马龙。

那种坊市制的城市管理体制就像现在的军事管制区，人的物质交往和精神交往受到诸多限制和极大的阻碍，在那样的城市里逛街、逛夜市，就像今天说"逛"火星、"逛"月球一样还只是少数人能够做到的。

人们在物质并不丰富的情况下可以暂时被抑制、被管理。一旦商业交流发达、贸易繁荣，人们对各种利润以及享受的需求被激发出来，这种"圈养"式的坊市制管理肯定不合时宜，人们会以各种方式解脱这种人为管制。唐宋时期生产技术的发展，使农业生产率提高，农产品以及各种商品交易需求增加，坊市制遭受到人本性的反抗，那种圈养式的城市模式必然被新的模式所取代。

随着生产的发展、商业交换需求增多，从唐朝后期到五代后周时期封闭的街道管理开始受到冲击，大街上不断出现民舍，政府不准在"市"外摆摊做买卖的现行管理规定被小商小贩破坏，商铺冲出"市"的限制，一点点向外扩展、向大街小巷延伸，住家的百姓也随着商铺的发展来到临街区域聚居而不只是住在坊间。

随着城市的不断发展、规模不断增大、人口不断增多，唐中期以后，坊市制有所突破，但北宋初年都城东京基本上保持古代的"坊""市"分离管理模式。

"坊市制"的完全崩溃是在北宋中期。

随着宋代生产、经济、商贸的发展，城市人口不断增加，人们对夜市的需求、人们对商铺方便性的要求大大提高，人们愿意自由自在地在城市交通方便的地方买卖、居住，而不是在规定的时间才可以买卖、在规定的地方才可以居住，这是一种管理者堵也堵不住、管也管不了的力量和愿望。市民由硬性冲撞官府的"法规"到形成既成事实，坊市制逐渐破落、瓦解，临街店铺、夜市、商业街等近现代城市街区终于形成气候。

到北宋中期，城市里所有通衢的大街小巷都成了市场，都有商店、酒家、住户，夜市、临街店铺在宋朝逐渐变成既成事实。

市民走出了不同于以前城市生活的"创新"道路，坊市制被彻底破坏。面对这样的情形，与其强令禁止，不如顺势而为，宋代皇室开始进行改革，面对坊市制的节节崩溃，不再明令禁止临街经营，这使布满大街小巷的商铺成为既成事实后取得合法地位，最终形成商业街；商业街代替了原来划定的固定商业区域——"市"，以前意义上的里坊也不再是封闭的居住地，变成了单纯的行政管理单位。

坊市制的取消，明显对一般市民、手工业者、商人的生活和生产有积极意义，为他们在城市谋生提供了更有利的条件；就城市而言，坊市制的取消打破了城市封闭的空间结构，使街市发展有了更大的拓展空间，进而带动城市工商业的繁荣，给城市发展注入了一种新的活力。

"坊"与"市"的限制失去意义，坊市制由松弛裂变到完全崩溃，取而代之的是一个世界级繁华都市的成长——北宋都城东京。

在这里，酒楼、茶肆、店铺等豪华建筑沿街林立，市井叫卖、车水马龙形成街景。

在过去，中国城市人最多、最气派的交通要道非皇宫门前的御道莫属，所以，宋代城市的酒家、商铺不仅开设在交通要道上，也开到了宋代的"天安门"前，形成了人气旺盛的"长安街"。

东京皇宫门前有五条大道，正中间大道不准摆摊设点，这是体现皇室等级特权的专用"御道"，一般情况下禁止行人车马通行，开了店摆了摊也没有生意。御道旁是种植荷花的两条水道，供运货船直接到皇宫，水岸边有绿化，交错种植桃、李、梨、杏等花果树，两条水道的旁边还有两条陆路，称御廊，御廊安装一排红漆栏杆，划出左右两条人行车马道，御廊边上才是店铺、摊棚、民居以及官署，这条御廊即人们俗称的御街。

这条宋代的"长安街"长达十余里，御街上不仅有尚书省、御史台、开封府等官署，也是当时著名的商业街，御街上"屋宇雄壮，门面广阔，望之森然。每一交易，动即千万，骇人闻见"（《东京梦华录》）。

御街上平时人来车往，节日里更是热闹非凡，各种吃的、穿的、用的、玩的物品一应俱全，过往的人、车络绎不绝。宝马雕车被卖花的流动摊贩拦住促销时，便可引得街道发生交通堵塞。

> 贵客钩帘看御街，市中珍品一时来。
>
> 帘前花架无行路，不得金钱不肯回。

这是宋朝姜夔描写元宵节游御街的诗。珍品，这里指做工精美的各种元宵，也指代商品。作者坐在车上突然感到车没有向前走动，挑帘一看，眼前人、货、车堵得水泄不通，在店铺错杂、百货罗列的御街上，元宵节的夜市上，不但有经营花市、鱼市、金银漆器等的忙碌的商人，更有夜游的男女老少，这里红烛通明，火树银花，店铺喧闹，游人拥挤。一个卖花的小贩拦住作者的轿车，趁着节日的欢喜气，非要轿车上的人买几枝花才肯让路，"帘前花架无行路，不得金钱不肯回"。卖花的拦车叫卖虽然堵了路，但是让坐在车里的贵客也切身感受到了节日热闹的氛围。

在宋代，商业活动不仅突破空间的限制，在大街小巷、园林郊游场所空前繁荣，而且也突破了时间的限制，出现了夜市和早市。同今天夜市大多把饮食业设在闹市街区或老城区一样，当时的夜市也把饮食业设在皇城外面的里城区，以及酒楼、娱乐业所在的街道，夜市入夜开始，至次日凌晨两三点结束。但最热闹处的夜市和节日夜市，则通宵营业。

随着人们生活的需要，早市也应运而生。早市除了饮食业，还有农产品等货物的贸易。数量庞大的商铺和居民所需消耗的衣、食、住、行、游、乐等服务和产品，有许多货源得依靠早市。就像《清明上河图》所画的那样——早晨，汴河旁郊野的路上，商人赶着一队队毛驴驮着煤炭、布帛、珠玉、茶叶、水果等物品正在向城里走去；汴河上，一艘艘货船正在搬粮卸货，有船工正在船舱内忙碌；汴河虹桥上下酒店、商铺、摊点各忙其事。

除街市、夜市和早市外，还出现了现在我们熟知的经常性开放的定期集市和专业集市。专业集市分为面市、肉市、竹竿市、马市等，类似现在的汽车市场、调料市场、建材市场等。

当时的定期集市，在东京主要有相国寺庙会，每月五次开市，出售土特产、日用百货等本地和外地商品，寺内庭院可以容纳万人。庙会期间人山人海，除了吃饭、购物，各种杂技、戏曲、游乐也夹杂其中，这种集购物游乐于一体的大型庙会，开古代城市庙会先河，在现代城市商贸中心也随处可见。

那些早市、夜市、街市，驱动宋代城市的繁华，那些流传至今的早市、夜市、街市，也仍然在驱动当代城市的繁华。

2. 城市户籍制度的完善

驱动宋代城市繁华的还有城市户籍制度的发展。据史实记载，中国北魏时期（公元526年）曾有过给商铺划户等的记载，唐后期也有皇帝下诏书"始定店户等策"的记载，但被认为是临时性的，而且是城市坊市制并不存在的时期。

城市户籍制度的完善与城市坊市制的瓦解紧密相关。宋代以前的城市居民区和店铺分别隔离起来，居民区为"坊"，店铺区称为"市"，城市按"坊""市"人头收税，"坊"与"市"的定时开关非常方便官府收税、摊派差役、进行封闭式治安管理。但是，坊市分离、封闭式管理，显然是商业、贸易发展的巨大阻碍。

随着宋朝经济的发展，宋代城市街区发生了重大变化——原来的坊市制解体，临街店铺、商铺与居民混杂的近现代街市开始形成。

坊市制被破坏以后，宋朝临街店铺形成，大量新的手工业从业人员形成，官府以前按"坊""市"集中收税、派差的管理方式失去了作用，大量征派管理需要新的依据，使城市户口划分和管理具有紧迫性、重要性。一种新的对市民的征缴方式和工具应运而生——城市市民户口坊郭户产生了。坊郭户，即城市工商业家庭，包括商贾、手工业者和其他市民，据考证，宋代的坊郭户约占全体民户的20%①，有的专家称宋代城市人口占全体人口总比例为12%。这个比例在古代很高，中国1949年城市人口占全国人口比例也才12%左右。

与农村有主户和客户之分一样，城市坊郭户中也有主户和客户之分。农村客户是"下无立锥之地"，城市客户是"上无片瓦"，即城市客户划分标准以有无房产为界；但划分户等时与乡村不一样的是，乡村中主户分为上、中、下等五等，在城市主户中划分户等，按资产多少划分为十等，不考虑家庭人口数量，只考虑资产，资产包括不动产和动产。

不动产主要包括房产和店铺等，按房屋地段和面积估值，与今天的城市地价因地段而不同一样，处于"冲要"等黄金地段的不动产价值大于"闲要"地段的不动产，各个地段官府征收的"房产税"也就不一样。

动产包括经营的商品、工具和钱物。城市坊郭户虽然有房产，但是贫富差别也很大，在官府的税收摊派上，这也明显表现出来。城市坊郭户划分十等，第一至第五等为上户，六等至十等为下户，官府把六等以下家庭的役钱和摊派任务免除。这是因为：繁华地段与偏僻地方经营地点不同，市场利润悬殊加大了上户和下户的差距，有的大工商家庭比一般坊郭户资产多数倍；下等户包括开小店、卖饼、卖柴、卖水的小商

---

① 邢铁：《中国家庭史》第三卷，广东人民出版社2007年版，第98页。

贩，也有包括从事制盐、制糖、制瓷等行业的手工业者以及从事贩运的行商等，工商家庭下户每天收入只够维持一般生活水平。

宋代城市户籍制度的发展和完善，适应了城市发展的新型格局，为从封闭转向开放的城市管理提供了稳定的税收来源。

3. 园林化的城市建筑

宋代随着坊市制的崩溃，酒楼、茶肆、商铺等商业娱乐设施满街，但是，人们不仅仅要逛街、购物、吃饭，城市园林和园林建筑为满足人们休闲审美需求也同时产生了。据园艺史家统计，见于记载和今存的宋朝园艺书共约62种之多，其中，牡丹品种多达14种、菊花8种、芍药4种，另还有兰、梅、海棠等多种花卉。

大面积的园林区域集中在城郊。在东京城郊，有许多皇家的别宫园囿和达官贵人的园林别墅，东京城郊成了市民外出休闲的园林游览区。每年节日和皇家园林开放期间，园林边的酒楼、店舍，各种游艺娱乐市场，都会非常繁荣。

宋代酒楼茶肆的环境，与今天的酒店建筑相比，有一些令人受启发的地方。与当下城市酒楼茶舍（大多）全封闭的室内空间相比，宋代酒楼不是全封闭式的，而是各具风格的园林建筑。带庭院绿化的宋代酒楼体现出中国建筑独有的文化特点和魅力，与现代追求人性化、生态化的观念一致。

所谓园林式风格酒楼，就是酒楼带有庭院建筑，庭院里廊庑掩映，楼阁排列，吊窗花竹，帘幕低垂。这种园林与富丽堂皇、大气恢宏的皇家园林不同，带有简单、雅致的特点。当时市民选择酒楼，除了招牌菜，"花竹"也是重要因素，那些酒楼——"修竹夹牖，芳林匝阶；春鸟秋蝉，鸣声相续；五步一室，十步一阁；野卉喷香，佳木秀阴"，环境十分优美。

为了吸引顾客前往，许多酒楼都冠以"园子"之名，如中山园子正店、梁宅园子正店、张宅园子正店、郭小齐园子正店、杨皇后园子正店等。

酒楼园林庭院样式多变、风格各异，一些别出心裁的园林设置使饮食、娱乐、休憩结合更紧密。如司马光独乐园，园中有竹林，有钓鱼池，在竹林中两处结竹杪为庐为廊，作钓鱼休憩之处；富郑公园则在竹林深处设置一组命名为"丛玉""夹竹""报风"的亭子，竹林蜿蜒伸长，亭子错落有致。高楼饮酒，赏心悦目；园子漫步，流连忘返。

位于御街北端的樊楼（又名矾楼），是当时最著名的豪华酒店，"三层相高，五楼相向"，中间有桥廊等衔接，明暗相通，也是具有园林化特点的建筑。那时的三层是在底层之上的层数，虽然只相当于现在的四层楼高，但却是12世纪砖木结构中庞大建筑中的世界之最，可同时接待顾客千余人。樊楼不仅具有园林化建筑特点，内部装修在当时众多的豪华酒楼里也是首屈一指，厅堂过道与雅间挂着珠帘绣额，典雅温馨；夜晚酒店内灯火辉煌，烛光摇曳交错，酒店外大红灯笼高挂，屋檐上彩灯萦绕；凭窗远眺，京城夜景可尽收眼底。"梁园歌舞足风流，美酒如刀解断愁。忆得少年多乐事，夜深灯火上矾楼"（刘子翚《忆樊楼》），樊楼是那个时代的人间仙境，人们感觉和记忆中的福地。

皇帝微服出宫，看见樊楼的高大、豪华，感叹酒楼高朋满座，笙歌满院，诗声笑语，也写下了一首记叙当时感受的词——《鹧鸪天》：

　　城中酒楼高入天，烹龙煮凤味肥鲜。公孙下马闻香醉，一饮不惜费万钱。

招贵客，引高贤，楼上笙歌列管弦。百般美物珍馐味，四面栏杆彩画檐。

在这样的硬件环境中，再配上宾至如归的服务和享受：各大酒店多达500余种的备选美食，免费的羹汤、音乐伴奏、笙歌艳舞、银质的酒杯器具、花色各异的零食小吃等；还有无数的美酒，京城东京72家大酒楼，各有各的招牌名酒，酒名听起来千姿百态，仙醪、琼浆、玉液、碧光、琼波、千日春、瑶光、美禄等，南京临安的名酒更是数不胜数。

花香草绿配美酒佳肴，一起推动了宋代酒楼与城市的兴盛。

4. 人文化的城市景观

如果读唐诗，许多很熟悉的名句，常常使人想起江湖旷野。

潮平两岸阔，风正一帆悬。

（王湾）

无边落木萧萧下，不尽长江滚滚来。

（杜甫）

江流天地外，山色有无中。

（王维）

白日依山尽，黄河入海流。

（王之涣）

黄河之水天上来，奔流到海不复回。

（李白）

野旷天低树，江清月近人。

（孟浩然）

大漠孤烟直,长河落日圆。

(王维)

两岸青山相对出,孤帆一片日边来。

(李白)

唐诗中还有许多我们熟悉的描写乡村田园风光的诗:

空山新雨后,天气晚来秋,明月松间照,清泉石上流。竹喧归浣女,莲动下渔舟,随意春芳歇,王孙自可留。

(王维)

故人具鸡黍,邀我至田家。绿树村边合,青山郭外斜。开轩面场圃,把酒话桑麻。待到重阳日,还来就菊花。

(孟浩然)

宋词也不乏这一类的描写,但宋词中却有许多唐诗中所少见的对都市风情以及城市休闲生活的记叙。比如名园、湖景、酒楼、茶坊、歌馆、庙会等这些都市休闲场所及景象,在宋词中常常见到。

因为城市商业贸易的发展,商人的生意不只是开在临街大道上,也开到了湖边、园林边;宋代城市商业贸易的繁荣也使宋代城市文化生活更开放、更丰富多彩;那种开放的城市、那样开放的街道对于唐朝市民来说是不可想象的生活。同是对景观的描写,从唐代诗人的作品里我们读到的多是带有泥土味的大自然景色,从宋代文人作品里,我们可以读到更多的带有城市味道的自然景色。

滁州西涧	春游湖
〔唐〕韦应物	〔北宋〕徐俯
独怜幽草涧边生，	双飞燕子几时回？
上有黄鹂深树鸣。	夹岸桃花蘸水开。
春潮带雨晚来急，	春雨断桥人不渡，
野渡无人舟自横。	小舟撑出柳阴来。

这两首都是描写春景的诗，细细读来，它们除了都生动地记叙了那个时代诗人看到的景色外，还留下它们的区别：唐朝韦应物的《滁州西涧》写的是野外的春天，诗中提到的景物是少经人工雕琢的大山、溪流、野草、大树、野渡；宋词《春游湖》，让我们更多地联想到城市中公园的湖。

涧，两山之间的溪流；幽草，生长在幽静地方的茂密野草；独怜，偏偏喜爱；野渡，无人管理的渡口。"独怜幽草涧边生，上有黄鹂深树鸣。春潮带雨晚来急，野渡无人舟自横"，唐代诗人给我们的感觉是，他们更容易看到我们如今要行万里路才能看到的"明月松间照，清泉石上流"那种境界的大自然。他们可以与高山、流水、春潮、鸟鸣为伴，与大自然融为一体，久久地观赏大山中溪边茂密的野草，聆听树林深处的鸟声，傍晚还流连在溪边，回看那水边无人的渡口，静静漂泊的小舟。

在《春游湖》这首诗中，我们看到了更柔和的春景——双飞的燕子、岸边的桃花、断桥、柳荫、小舟，这些景物让人联想到公园中的湖，公园中的春天。

特别是"夹岸桃花蘸水开"这一句，给人更多的联想。春天，湖水上涨，如果是一个野湖，湖岸不一定有成排的花、树，肯定是草多，荒野岸边水草野树杂生，说不定还夹杂着泥沙滑坡，只有有人管理的湖，湖岸才有可能种同一品种的树，开一排相同的花，只有被修理整齐干净的堤岸，才能映衬出盛开的桃花枝条弯下来，倒映在水面恰如蘸水开放的美景。这满湖春色一半是大自然的赐予，一半是人工精心护理而得。后面两句"春雨断桥人不渡，小舟撑出柳阴来"也说明了这里不是一处无人的野外。春雨带来潮水，湖上的桥被水淹不能通行，但是不用着急，柳树后的小船正在送人，解"春雨断桥人不渡"之危。

在《滁州西涧》中，我们看到的是静景，在深山的溪流边，白云深处或许也有人家，但那里不会是人来人往；在《春游湖》中我们看到的是有人的静景。在有桥、有船、有桃花盛开的湖边，肯定会有船家、有酒家、有集市、有贸易，有街市的喧哗，有音乐缭绕，只不过这一刻，游在湖上，漂在船上，作者的周围是安静的，或者说在湖里，远离了那些热闹。

因为城市的发展不同，我们能够感受到唐朝文人与宋代文人景物描写时的不同。我们能够感受到唐朝的诗人所到之处多是自然山水，宋代的文人所到之处除了自然山水，还隐含着生活气息，请看下面这两首分别写于唐代和南宋的诗。

鸟鸣涧
〔唐〕王维
人闲桂花落，
夜静春山空。
月出惊山鸟，
时鸣春涧中。

晓出净慈寺送林子方
〔南宋〕杨万里
毕竟西湖六月中，
风光不与四时同。
接天莲叶无穷碧，
映日荷花别样红。

在唐朝诗人的作品里，一如既往大自然的气息扑面而来，在这个大自然里，"人闲桂花落，夜静春山空"，看不到人的踪影，看到的是旷野、月夜、安静的山、独自盛开的花，在这安静的环境里，花开花落也是很大的动静了，月色下涨满春雨的溪边的鸟鸣就格外引起作者的注意和联想，所以，作者以"鸟鸣涧"为题，写下傍晚山中漫步的情景：月出惊山鸟，时鸣春涧中。

在杨万里的诗中，夏天清晨的西湖虽然不是姹紫嫣红，但是朝霞满天、水波涟涟。放眼望去，最引诗作者注目的不是雕栏玉砌的亭台楼阁，不是岸边飘拂的杨柳，而是在霞光映照下那辽阔无边、一片碧绿的荷叶，还有那在绿叶中含苞待放的荷花。作者在清晨送朋友的路上，被这满湖荷花、接天莲叶的美丽所惊叹，写下了早晨被朝阳沐浴的大自然美景。

王维的诗更多地让我们想到野外的大自然，但杨万里描写的大自然更多地让我们想到经过人工保护的园林景观。

读诗词也是在读人类文明不断积累、进化的历史。从唐诗与宋代诗词的比较中，可以分辨出从唐代到宋代越来越人文化的城市味道。

从下面这首词《浪淘沙·汴州》中，可以读到对当时都市许多人文景观的具体描写。

浪淘沙·汴州

裴 湘

万国仰神京，礼乐纵横。葱葱佳气锁龙城。日御明堂天子圣，朝会簪缨。

九陌六街平，万物充盈。青楼弦管酒如渑。别有隋堤烟柳暮，千古含情。

看此词的标题"浪淘沙·汴州","万国仰神京"中的"神京"指北宋京城——东京，东京在宋以前曾被称为汴州。"万国仰神京，礼乐纵横"，意指京都社会秩序稳定、文化繁荣，受到世人景仰。因为"万国仰神京，礼乐纵横"，所以"葱葱佳气锁龙城"。

"日御明堂天子圣，朝会簪缨"中的"明堂"指古代皇帝开会、议政、举行大典、祭祀的地方。"日御明堂天子圣，朝会簪缨"这句话是夸奖当朝皇帝勤政为民。

"九陌六街平，万物充盈。青楼弦管酒如渑"具体描写城市的繁华。九陌六街，指都城的大街。渑：古代河流名，这里用来形容酒如河流。青楼，妓院，也指代豪华楼阁、娱乐场所，"九陌六街平，万物充盈。青楼弦管酒如渑"这几句是说城市大街纵横宽阔，街上店铺林立，商贸繁盛，娱乐活动繁多。

翻一翻历史，可以知道宋代的文人对当时都城的这些赞誉不是浮夸。根据宋代的户籍资料，北宋时京城常住人口已达百万以上，有学者估计在100万至150万人之间；宋代城市的行业，有文献记载的达440多行，其中生产行业所占比例小，而服务行业如食品业、加工业、商业、贸易等所占比例大，京城的大街上布满商铺、酒楼，市面上物品繁多，万物充盈，酒楼里歌舞升平，生意兴隆，"青楼弦管酒如渑"；北宋时京城对外贸易也很发达，"八荒争凑，万国咸通。集四海之珍奇，皆归市易"（《东京梦华录》）。

城市服务业繁多，商业、贸易发达，市民就业率高，容易致富，所以当时的京城"举目则青楼画阁，绣户珠帘"，大街上宝马雕车来来往往，街上美女"金翠耀目，罗绮飘香"，游人嬉戏于"柳陌花衢""茶坊酒肆"。

北宋京城东京不仅是繁华都市，也是前朝故都，除了"九陌六街平，万物充盈。青楼弦管酒如渑"，还有悠久的历史、深厚的文化积淀。

东京，即今河南开封，公元前8世纪建城开始，距今已有2700多年历史，曾经是魏国（战国时期）、后梁、后晋、后汉、后周、北宋与金的都城，有"七朝故都"之称。东京最早叫"启封"，取"启拓封疆"之意，汉代为避皇帝同名的忌讳，改名为"开封"，后来又叫过"汴梁""汴京""汴州"，在五代和北宋时期被称为"东京"。北宋时的东京经过隋唐、五代建设以及宋朝的扩建，外城、内城、皇城层层相叠，每层城墙之外都有城壕环绕；城墙气势雄伟、规模宏大，外城墙长接近3万米，镶嵌着20个巨型城门，内城墙四面共12个城门；外城正南门、南薰门与内城正南门、朱雀门以及皇城正南门坐落在东京中轴线上，三者相连形成宋朝第一街——御街。

所以，宋代文人眼中的京城不仅是繁华一派的大国风范，那里不仅是"葱葱佳气锁龙城"；不仅是天子圣明，礼乐纵横，万国神仰，被世人膜拜；不仅是美丽富饶、和平安宁、烟柳含情、锦绣王朝、盛世画卷。同时，最重要的是都城也是开放的文化汇集之地。那是对外开放，对内开放，文化与经济同时并进的发展时代。科举扩招，使读书读得好的人大有前途。所以，文人在都市，不仅被繁华吸引，也在寻找发挥才能、施展抱负、青史留名的机会。

"别有隋堤烟柳暮，千古含情。"古城的绿色长堤掩映在烟柳缥缈的暮色中，一河清波缓缓流淌。走在高大、肃静的古城墙上，眺望辽阔幽远、空旷苍茫的大自然，不免使人产生"前不见古人，后不见来者，念天地之悠悠，独怆然而涕下"的那种情怀，思古幽静处，江山如此多娇,引无数文人竞折腰。

5. 浪漫、迤逦、平实的都市格调

在文人的眼中,当时的城市生活有许多美好的细节令他们无限怀念,从他们对一座桥、一艘画船、一湖水、一次聚会、一场灯会的描述中,我们也看到了当时城市浪漫、迤逦、平实的都市格调。

"飞梁压水,虹影澄清晓。橘里渔村半烟草"(林外《洞仙歌》),看到垂虹桥了吧,那座弯弯的拱桥,高高耸起的桥身像天上的彩虹飞架在清澈碧绿的水面上,它的倒影漂浮在水中,清晨薄雾朦胧,河两岸的人家掩映在橘林和烟雾中,在这静静的桥影、碧水、橘林中,清新的一天开始了。

"波暖绿粼粼,燕飞来、好是苏堤才晓。鱼没浪痕圆,流红去,翻笑东风难扫……"(张炎《南浦·春水》),朝阳渐渐洒满西湖,湖水看上去碧波荡漾,柳枝在苏堤上飘摇,燕子在那里忙着筑巢,金色的鲤鱼在阳光下出没水面,激起一圈又一圈浪痕,圆圆地向岸边荡去,久久不能平息;落在水面上的花瓣也随之向岸边、向湖水深处流去,任凭东风也阻挡不了它们随水漂流……

"双桨来时,有人似、旧曲桃根桃叶。歌扇轻约飞花,蛾眉正奇绝"(姜夔《琵琶仙》)。词中"桃根桃叶",本指叫桃根桃叶的姐妹的名字,这里指词作者见到的美女。春游时节,吴兴壮观的春游场面,西湖也不能相比。这里早在唐代,就是"户藏烟浦,家具画船",户户住在烟雨迷蒙中,家家有彩饰画船。在那些飞来划去的春游彩船中,词作者忽然注意到迎面而来的船上的美女——如花似玉,她们舞着扇,唱着歌,眼神楚楚动人;船近了,再仔细看看,好像是词作者曾经的恋人。

但是，她们根本与他不相识，两艘船很快相向而过，随着美女的远去，词作者心头涌上一股悲凉，热闹的春游离他远去，他感觉春光也渐渐远去，眼中只有一个孤独的小岛，耳边只闻几声杜鹃的鸣叫，"春渐远，汀洲自绿，更添了几声啼鴂"。

在城市那些名胜处的集会，也是一道不能忘怀的风景。"忆昔午桥桥上饮，坐中多是豪英"，作者陈与义20多年后写下这首《临江仙·夜登小阁忆洛中旧游》的词，不仅记录的是他自己的回忆，读到"长沟流月去无声，杏花疏影里，吹笛到天明"这样的描写，我们都能想象到那是一次充满诗情画意的聚会，酒喝过，话谈过，大家还长久地聚集在午桥的月光下，看桥下流水静静远去，听悠扬婉转的笛声在杏花疏影里飞扬，直至天亮。这些刻在青春岁月的记忆，像那天午桥上的月光，也因为这首词永远闪亮。

元宵节的灯火、烛光成为他们难以忘怀的记忆，在火红的烛光的映射下，一盏盏莲花灯宛如沾上清露，成片的红烛在风中摇曳，逐渐销蚀，但很快又接上了一支支怒放的红烛。元宵夜的灯火是那样灿烂，纵有风露，也丝毫不减其光灼，"风销绛蜡，露浥红莲，灯市光相射"（周邦彦《解语花·上元》）。

在柳永《望海潮》一词中我们则直接看到了浓墨重彩的画卷般繁荣、壮丽的杭州。杭州，这个美丽的城市，地理位置天生优越，"东南形胜，三吴都会，钱塘自古繁华"。远远望去，钱塘江被如烟的柳树、如云的大树环绕着，水面开阔无边，波涛浪花像翻滚的霜雪；西湖边上灵隐山、南屏山、慧日峰等重重叠叠的山岭清秀美丽。西湖不仅有"重湖叠巘清嘉""云树绕堤沙"的自然湖山之美，还有"有三秋桂子，十里荷花。羌管弄晴，菱歌泛夜，嬉嬉钓叟莲娃"的国泰民安之乐。

市区内"烟柳画桥,风帘翠幕,参差十万人家",街巷河桥如画般美丽,居民住宅挡风的门帘和翠绿的窗帷是那般雅致。市场上商品琳琅满目,陈列着大大小小各种各样的珠宝。

在柳永的笔下,古代都城苏州得悠久历史传承之风流,更有自然之美和华丽的风韵,那里是"瑶台绛阙,依约蓬丘",一个神仙居住的地方;苏州不仅美如仙境,而且比全国其他的地方都富饶,"万井千闾富庶,雄压十三州";城市经济繁荣、市民衣食饱暖的地方自然歌舞升平,"触处青娥画舸,红粉朱楼",画船上的歌声飘荡在湖面,红粉青黛出入闹市高楼。

除了描写城市风貌,宋词中对城市生活细腻感触的描写,也让我们感觉到大国国民所具有的平实风范。有学者评价宋词"没有爆发的热情,但具有在流转的人生中经常被保持着的平静的激情",其实,与其这样说宋词,不如说"在流转的人生中经常被保持着的平静的激情"是宋代文人的性格,这在宋词中多有反映。宋词中多有对闹市胜景喧哗后的静景的描述,如白天观赏万人龙舟比赛,傍晚在静静庭院月色中欣赏杨花飘飘欲坠的景象,在一首词中动静变化背后读者看到的是让记忆淡淡地流淌——无论欢乐还是静处的生活,都任其在岁月中慢慢过去。这种亦动亦静的词读后使人感觉到宋人经受繁华热闹之余静观世事、从容恬淡的处世之道。身居闹市,繁华热闹亦可,闹中有静亦可,内在充实自觉,不为外物所动,这种收放自如、无激烈冲突的处世态度在宋词中多有体现,是宋代很多文人雅士所追求和向往的。

至于像苏轼"大江东去,浪淘尽,千古风流人物"那一类词中所表现的超然、旷达,则早已被世人熟悉并喜爱。

6. 那时的城市"黄金时代"

自城市产生以来，通过它集中物质和文化力量，不仅加速了人类生产活动的分化和发展，同样也加速了人类文化生活、娱乐生活的分化和发展。城市"黄金时代"指的是城市快速发展、城市数量大量产生的时代，在这样的时代，城市在推动经济发展、提高生活质量、改变社会结构中发挥着重大和深刻的作用。

世博会可以说是近代城市发展"黄金时代"的直接成果，世博会促进城市间经济技术文化的横向交流，引领时代发展潮流。1851年，伦敦举办了首届国际博览会，在为世博会专门修建的水晶宫里，集中展示了英国的工业实力，体现那个时代技术智慧的水晶宫以及各种大机器产品，不但令英国人为之群情激昂、倍感骄傲，也令跋山涉水、远渡重洋而来的世人赞叹和激动，从此，世博会作为一个常规博览会，成为当代最先进人类文明成果展示、交流、学习的平台。

自从1851年伦敦世博会以后，每次世博会都是以体现当时时代进步和创新的某项技术内容为重点展示的主题，2010年上海世博会的主题与往次不同，是首次以城市为主题所召开的世博会。展示的是城市的历史文化特色、城市的地域特色、城市的生态特色、城市的低碳节能特色、城市的人性化管理、城市如何更宜居等，使世人经受了一次城市文明的洗礼。

1851年之前的100多年，正是英国发明蒸汽机、火车、轮船的时代，也是发展纺织机、煤矿深层钻探机等各种机器制造产品的年代，是英国推动世界来到机器生产时代以及铁路、航海运输的时代，那是西方的"黄金时代"。

但是，在1851年的早几百年前，中国不但有唐朝称雄于世的盛世，就城市的发展而言，宋代也是称雄于世的城市"黄金时代"，只不过那时还没有中西方这样大规模交流的世博会，没有电视这样的媒体传播工具。从文字记载中，我们可以知道：

宋代城市发展处于当时时代横向比较中的高峰段，中国人那时在都城的生活质量不亚于今天生活在纽约、东京、巴黎的水平。

北宋都城东京当时有人口150万，欧洲当时最大城市不超过10万人，日本的京都20万人，大食的巴格达30万人，这都和当时的北宋都城东京相差甚远。伦敦直到16世纪以后，才拥有4万人口。11—13世纪，西欧城市的居民数量，一般是0.5万到1万人，而两宋年间，10世纪后期到12世纪初的中国，北宋都城东京、南宋都城临安都拥有超过百万的人口，属于世界上最大最繁华的城市。苏州、成都、鄂州、泉州等城市人口也达到40万之上。还有一批城市人口超过10万，如洛阳、北京、大名、江宁、潭州、福州、广州等。人口在1万至10万的城市，北宋不少于100个；人口在1万以下的城镇，总数大约3000个。

从城市建筑、人口、区域面积等自然特征来看，那些在宋代已具规模的大城市，今天被称为历史名城的城市，如北京、西安、洛阳、开封等，这些都市布局严谨、建造精巧，对世界城市发展产生过深刻的影响，在中世纪，西安、开封、杭州曾先后排入世界最大的城市之列。

以北宋都城东京的经济、贸易看，它也是当时世界上最大、最繁华的城市，是世界上具有印刷、火药、制船、航运、酿酒、丝绸、印染、瓷器烧制等一系列先进手工业的大都市。

在中国的纵向比较中，宋代城市发展也是一个转折点。

宋代是中国农业社会中从纯粹消费型城市到以手工业、服务业为主的生产型城市的转折点。中国历史发展到宋代，由于以前社会财富的积累，由于宋王朝采取与以往不同的"重商""重文"等治国方略，使得中国城市无论是数量还是质量都处于那个时代的领先地位，宋代有记载的城市人口占全国人口数量已达到12%，这个水平与中华人民共和国成立前的城市人口数量相当，1949年中华人民共和国成立以前，中国城市人口比重一直是10%左右。

在宋代，城市抛弃以往的封闭格局，实行开放的经济贸易政策，带来城市的大量产生和快速发展，也带来国力的空前强大。有研究称宋朝的国民生产总值是唐朝的2倍、元朝的14倍、明朝的3倍，城市的雄厚经济实力使宋代成为人们梦想实现的黄金时代。

因为经济贸易的发展和繁荣，从城市市民生活来看，在整个宋朝统治的11、12世纪，中国大城市里的生活水平之高、生活质量之高，使生活在当时的人们充满自豪和骄傲，我们在宋词中那些对元宵节等节日的描写和记叙中，不无这样的感受。

就宋词中对游园观湖、歌馆酒楼、大型系列节日庆典的记叙而言，宋代城市也是文化休闲、艺术创造的繁荣之地。

这样的城市数量、规模以及城市居民数量和质量，宋朝不仅超过了同时代的任何国家和地区，也超过了中国以前的所有朝代。

这样数量的城市，使得无数财富、智慧、享乐在城市中集中，通过商品、文化的交流和联系，又使这些财富、智慧、享乐在城市之间奔流。20世纪90年代，湖南出版社曾出版过李春棠的一本书《坊墙倒塌以后——宋代城市生活长卷》，对宋代数量如此庞大的城市产生的巨大影响，作者评价道："宋代成千成千的大小城市，不再是一些沉寂的孤堡，它们通过商品与文化的纽带，联结着、奔竞着，像一只庞大的船队，遥遥领先地驰骋在人类历史的征途上。"

今天，我们可以直观地了解宋代曾经有过的辉煌和城市发展史：从《清明上河图》中，从2010年上海世博会的展览中，从《大宋·东京梦华》的实景演出中，从电视对开封古城的宣传中。

那些辉煌不仅仅在于城市规模、城市数量、人口数量、商业的繁荣，还在于文化和教育业的繁荣。现在到河南嵩阳书院参观时，进入嵩阳书院大门前，导游小姐会说：我们即将参观宋代的"哈佛"。哈佛大学建于1636年，比美国作为独立国家的建立要早一个多世纪，包括奥巴马，哈佛已经出过8名美国总统，40多位诺贝尔奖获得者，哈佛凭借其优秀的师生不只享誉美国，也是当之无愧的世界一流大学。尽管嵩阳书院与哈佛对人类思想的贡献是不同类型的，但是宋代城市是当时世界一流的，宋代的东京、临安当之无愧是当时世界上首屈一指的大都市，聚集全国顶级大师和优秀的读书人的嵩阳书院也就是那时的世界一流学府。

导游小姐说嵩阳书院是宋代的"哈佛"，并不过誉。

二、词中元宵

1. 都市狂欢夜

初次读到宋词中写元宵节狂欢的情景时令笔者惊讶不已,并非是下班后匆匆买几袋速冻汤圆,或早或晚匆匆吃了就过了节,那是全城上下的狂欢节。1000多年前的元宵节是五彩缤纷的城市中发生和上演无数人间欢乐的节日。

在我们的想象中,农业社会,虽然是城市,夜生活能丰富到哪儿去?在史料的记载中,古代的都城还实行"宵禁",为了皇室贵族的安全,全城禁止居民夜行,并有官兵巡街查防。但是,元宵节期间,皇帝会下令取消往日的"宵禁",允许居民通宵达旦观灯游赏。这种间歇式的"开放"管理,不只是一种"善政"的需要,也是"民生"的需要。全城人多少天的热情、智慧、欢乐、思恋因这个节日突然引发并涌动。

热情、智慧、欢乐和思恋涌动在恋人间,涌动在突然相遇的故人间,涌动在一见钟情的情侣间,涌动在相依相偎的亲人间。

热情、智慧、欢乐和思恋也涌动在文人墨客的字里行间,成为流传千古的故事，成为我们今天诵读的美文，成为我们历史的记忆，成为我们今天生活中的精神食粮，也成为我们今天建设城市的一份大参考。

柳永的《迎新春》正是引起笔者这样思绪的一首词。

迎新春

柳 永

嶰管变青律，帝里阳和新布。晴景回轻煦。庆嘉节、当三五。列华灯、千门万户，遍九陌、罗绮香风微度。十里然绛树，鳌山耸、喧天箫鼓。

（熊海泉 绘）

渐天如水，素月当午。香径里、绝缨掷果无数。更阑烛影花阴下，少年人、往往奇遇。太平时、朝野多欢民康阜。随分良聚，堪对此景，争忍独醒归去。

词首"嶰管变青律，帝里阳和新布。晴景回轻煦"中，"嶰管"，指箫笛等竹制乐器；"律"，指用竹管或金属管做成的定音的仪器；"青律"，引申指音乐或其他事物的律变和规律。此处以嶰管变青律带出季节的变换，以节令之变换，突出帝京新春和暖，天气晴朗，气候宜人，为引出下文节日欢乐气氛，给读者暗示和引导。

"庆嘉节、当三五"中的"三五"，即十五，正月十五元宵节，但这只是一个概括的和习惯性的说法，宋代元宵节并不是只有正月十五一天，而是正月十四及以后的四天四夜。据孟元老《东京梦华录》记载，汴京每年灯节从正月十四至十八日放灯，至十九日收灯，故元宵节在宋代惯称"帝城五夜"，元宵节延长至五夜的改变，大大提高了元宵节节日的作用和效率，也使人民受益良多。

"列华灯、千门万户，遍九陌、罗绮香风微度。十里然绛树，鳌山耸、喧天箫鼓"这几句中的"罗绮""香风"代替男女人群，"九陌""十里"极言热闹的面积之大，"然"通燃，点燃，"绛树"，指张灯结彩的花树，"鳌山"，灯彩堆成一座像传说中的巨鳌形状的山。箫，代表管乐器，鼓，代表板乐器，节日里吹吹打打，箫鼓喧天，热闹非凡。"列华灯、千门万户"这两句描写元宵节所见，家家户户张灯结彩，穿锦衣着华丽装饰游玩赏灯的人到处都是，十里长街上点燃的蜡烛、灯笼火树银花一样怒放，高高的彩灯堆成像巨鳌一样的小山，还有各种器乐吹吹打打、箫鼓喧天、热闹非凡。

《迎新春》表达的是当时都城汴京元宵佳节的游乐盛况，读到此时我们已经看到了城市一派节日的华丽。在正月十五庆元宵佳节的时候，都市笼罩着阳春和暖的气氛。节日的晚上，千家万户挂着华丽的彩灯，城市里到处飘浮着罗绮香风。张灯结彩的花树像火把一样点亮了十里花街，还有高耸成山的彩灯，喧天的箫鼓。

此时我们看到了有灯景、乐器等的热闹的街景，但是，狂欢夜的主角——人，还只是衣锦飘香、若隐若现。

接下来，词作者以静带动，让我们从热闹的街景中抬起头欣赏月亮，并以"渐天如水，素月当午"表明时间的推移，月亮渐渐升高，时候已经是午夜，月光如水泻地。

但是，此时是宋朝元宵节的月夜，不是唐朝的《春江花月夜》，词作者引领我们在此时此地，在这样的月夜看到的不是"春江潮水连海平，海上明月共潮生"的静夜，看到的不是"江流宛转绕芳甸，月照花林皆似霰"的静月，看到的也不是"空里流霜不觉飞，汀上白沙看不见"的静景，当然，也引不出词作者和我们"江畔何年初见月，江月何年初照人"的幽思。

这是宋朝都城的月夜，是人潮涌动的月夜。这月夜与唐诗《春江花月夜》相比完全是另一派景象，除了千门万户张灯结彩，大街小巷香风飘荡，十里长街灯树闪烁，彩山高耸、鼓乐喧天之外，这月夜并不只有月和灯景是主角。

在宋朝都城的月夜，在千树万树的花灯中，在千里万里的月光中，是无数涌动的人，是各种各样兴奋的人群。

这月夜是人的会聚，人如潮涌，是人感情交流的大舞台。在太平繁华、民康物阜的京城，元宵佳节正是狂欢极乐的月夜，是人作为主角的月夜。

作者用了三句话来描述元宵节月夜狂欢的风情,"香径里、绝缨掷果无数。更阑烛影花阴下,少年人、往往奇遇。太平时、朝野多欢民康阜"。"绝缨""掷果"是两个典故,形容男女之间的吸引和相娱。

"绝缨"说的是"君子好逑"的故事,相传在楚庄王一次夜宴群臣的晚会中,忽然蜡烛熄灭,全场漆黑一片,武将唐狡趁黑牵扯王妃许姬的衣服,企图亲近,许姬在惊慌中扯断了唐狡帽子上的缨带留证,要求楚王查出此人,庄王却命令在点灯继续欢饮前每个人都扯断冠带。事后,唐狡很感激,后来又为庄王立了大功。词中用"绝缨"形容"君子好逑"。

"掷果"讲的是美男受追捧的故事。晋男子潘岳英姿美仪,潘岳时常在街上被女子团团围住,并朝他扔花果,他常常满载花果而归。后来,多用"投果"或"掷果"比喻女子对男子的爱慕。

"香径里、绝缨掷果无数。更阑烛影花阴下,少年人、往往奇遇"给我们呈现的是那样一片景象:花果飘香的路上,留下无数扯断的缨带,丢掷的花果,有多少激情狂欢的故事发生;花阴烛影中,有多少帅哥靓女奇遇结缘,有多少两情相悦的人儿倾诉衷肠……太平盛世,举国齐欢。

宋祁的一首《鹧鸪天》以及随后发生的故事,给我们讲述了夜遇美女而起相思之意的感情经历,为柳永的这首词中的"少年人、往往奇遇"作了一个详细生动的注解。

鹧鸪天

宋 祁

画毂雕鞍狭路逢,一声肠断绣帘中。身无彩凤双飞翼,心有灵犀一点通。

金作屋、玉为笼，车如流水马游龙。刘郎已恨蓬山远，更隔蓬山几万重。

　　词中"灵犀"，指犀牛角。古人把犀牛视为有灵气的动物，因为犀牛角的中央有像线一样的白纹，直通两头，后人多用"灵犀"比喻两人心心相印。词中借用李商隐的名句"身无彩凤双飞翼，心有灵犀一点通"，表达心灵上有默契的恋人那种心领神会、不宜公开的隐秘感情，以及两人近在咫尺却如隔天涯，恨不得化作彩蝶双双避开世人的痴情。

　　金作屋，借用汉武帝"金屋藏娇"的典故，汉武帝小时候喜欢长公主的女儿阿娇，并说过"若得阿娇作妇，当作金屋贮之也"，这里用"金作屋"指代宫女居住的豪华后宫。

　　这首《鹧鸪天》讲的是，在张灯结彩、热闹非凡的节日之夜，在"车如流水马游龙"的繁华大街上，宋祁的车与另一个车迎面相撞，"画毂雕鞍狭路逢"，拥挤之中各自的车夫在赶马调整车的去向；宋祁看到对面车中绣帘后的美女，听到了她的娇声轻语"这不是小宋吗？"眉目传情间，宋祁心中激起一番情思，"身无彩凤双飞翼，心有灵犀一点通"，恨不得化作蝴蝶随那花车而去。虽然是初次遇见，但那简单的一颦一笑都让他感到无限美好，传递了无限柔情。只可惜马车早已迎面而过，一见钟情的美人已消失在如水人流中，"刘郎已恨蓬山远，更隔蓬山几万重"。这首相思词不胫而走，迅速成为当时最流行的金曲，传至皇宫，当皇帝知晓这个故事后，遂萌生消除有情人之间的"万重蓬山"的念头，下令将与宋祁相遇的宫女找出来，赐予宋祁为妻。

　　宋祁的奇遇以及良缘，只是"香径里、绝缨掷果无数。更阑烛影花阴下，少年人、往往奇遇"中的一个记载下来了的"佳话"，还有元宵夜无数的奇遇、良缘在宋代的城市中,也在我们的想象中。

"太平时、朝野多欢民康阜。随分良聚。堪对此景,争忍独醒归去。"词作者从元宵节的风光热闹又转到对城市承平繁华的感叹,良辰美景与城市太平景象相互交融,词作者的感觉是如此吉祥、贵气,并为热闹背后的城市"佳话""奇遇"、吉祥富贵深深感动,对此美景充满留恋,以至于开怀畅饮,文思酒兴勃发,一醉方休,"堪对此景,争忍独醒归去"。

当年的元宵节,因为柳永的这首《迎新春》,在穿越千年之后,那些"佳话""奇遇",那份吉祥富贵,仿佛陈年美酒,使世人久久回味。

辛弃疾的《青玉案·元夕》,也是一首描写元宵夜狂欢的词,与柳永的《迎新春》一样,写到了元宵夜的彩灯、人流、乐声、美女,遣词造句是那样的别致、华丽、婉约,使我们像读柳永的《迎新春》一样,读后难忘千年之前的中国狂欢夜。

青玉案·元夕

辛弃疾

东风夜放花千树,更吹落、星如雨。宝马雕车香满路。凤箫声动,玉壶光转,一夜鱼龙舞。

蛾儿雪柳黄金缕,笑语盈盈暗香去。众里寻他千百度,蓦然回首,那人却在,灯火阑珊处。

"东风夜放花千树,更吹落、星如雨。"元宵节皇帝下令取消"宵禁",取消"宵禁"的规定仿佛东风"夜放",催开了千树万树花灯,也吹落了射向半空的焰火礼花。"宝马雕车香满路。凤箫声动,玉壶光转,一夜鱼龙舞",节日的大街上不仅有花灯,有焰火如花的流星雨,有月光映照下鱼形和龙形的灯彻夜舞动，还有宝马、美人、香车、箫声。

"蛾儿雪柳黄金缕，笑语盈盈暗香去。"节日的夜晚，大街上美女如织，她们头上戴着珠宝，摆动的首饰像鹅黄色的柳丝一样飘拂，欢语中透出款款深情，但美人的亮丽和笑语随车而去，一晃而过。"众里寻他千百度，蓦然回首，那人却在，灯火阑珊处。"在人流车流中要追寻到自己中意的美人，是那么不容易，要"众里寻他千百度"，但在蓦然回首中，却发现那人在灯火阑珊处，那是怎样一种惊喜。

很难想象，"花千树""星如雨""众里寻他千百度"的作者辛弃疾在抗金的战场上是"金戈铁马，气吞万里如虎"的武将，辛弃疾在战场上的英雄本色与这首词的婉约似乎毫无相似之处。辛弃疾出生时北方已被金国占领，他在金人统治下长大，21岁投奔山东同乡耿京领导的忠义军，加入抗金行列。后来，辛弃疾代表义军归附南宋朝廷，当他带着皇帝的命令北还时，义军首领耿京被部下张国安杀死，大部队也被张国安拉着投降金国，驻守在山东济州。辛弃疾带领五十勇士直奔济州，借口求见张国安，闯入大殿内杀死了张国安，并策反济州守军，将起义抗金的大部队重新带回南宋都城。

辛弃疾既有"醉里挑灯看剑，梦回吹角连营"驰骋沙场的豪迈，也不放却心底万般柔情。英雄只在特殊场合，生活却是感受平常，如果没有他那平常的心，我们就不会读到"众里寻他千百度，蓦然回首，那人却在，灯火阑珊处"的千古佳句。没有那一代人留下的文字，我们就想象不到那样华丽、狂欢的元宵节。

在柳永和辛弃疾这两首描写元宵节的词中，比华丽的街景更令我们惊讶的是那些狂欢的人群，那些狂欢的人的激情与欢乐。人生是忙碌的，但人生总不能一直忙碌下去，从来人生多艰辛，人生不如意事十之八九。人不能总是忙忙碌碌，人生需要休闲来调剂。如同大餐美味少不了作料，人生少了休闲，那将是多么乏味的回忆。在生产力并不发达的古代，古人就已经悟出了这个道理。

元宵节，城市撤除戒严，全城花也"夜放"，人也"夜放"，到处是彩灯花树，满城是罗绮香风，这样的良辰美景，忙里偷闲去逛逛街，花点工夫去看看亲戚和朋友，或者是在节日中找到暗恋已久的心上人，或者是遇到一见钟情的佳人，那真是人生乐趣所在。

节日，无疑是休闲的最好借口，元宵节，正是古代名副其实的休闲狂欢节。

但是，大餐缺少作料不能成为美味，大餐缺少烹饪、缺少火候，照样也不会使美味成真。取消"戒严"、延长元宵节前后时间等管理措施正是这节日狂欢的"火候"。

2. 那时的"黄金周"

在宋词中，我们看到元宵盛况并不只是正月十五那一天，"何须更待元宵到，夜夜莲灯十里红"，元宵之前都城早已是歌舞升平，为元宵盛事铺开了彩色序幕，在晁端礼《鹧鸪天》一词中我们可以读到此种情景。

鹧鸪天

晁端礼

阆苑瑶台暗路通，皇州佳气正葱葱。半天楼殿朦胧月，午夜笙歌淡荡风。

车流水,马游龙,万家行乐醉醒中。何须更待元宵到,夜夜莲灯十里红。

"阆苑瑶台暗路通,皇州佳气正葱葱。半天楼殿朦胧月,午夜笙歌淡荡风",阆苑瑶台,指华美的宫苑楼台;皇州,指当时宋都城东京;淡荡风,指和风。还未到元宵节,但都城喜气洋洋、佳气葱葱,华美的宫苑楼台人来车往。明月笼罩高楼,午夜笙歌回荡在和风中。

"车流水,马游龙,万家行乐醉醒中。何须更待元宵到,夜夜莲灯十里红。"在一派节日的气氛中,都市的大街上,满城车如流水、马如游龙,放眼望去酒楼画阁林立,绣户珠帘盈盈;雕车宝马金碧耀目,欢声笑语于柳陌花衢,笙管弦乐于茶馆酒肆,万家行乐醉醒中。在这个都市"万物充盈""万国景仰""礼乐纵横";"八荒争凑,万国咸通"而"集四海之珍奇"流通于街市,人们生活富庶喜乐,这里何须等待元宵到,夜夜莲灯十里红,天天都在过节。

据史载,除了宋代元宵节长假以外,唐代也有过春节、冬至时的"黄金周"长假,唐玄宗曾颁布《假宁令》:"元正、冬至,各给假七日。"唐春节长假以大年初一为界,初一前后各放三天假,加上初一,刚好一个"黄金周"。

在农业社会,春节之前是农活闲下来的时节,不仅春节放长假,春节之前的节日也多,假期也多。进入腊月,有腊八节;腊月二十三祭灶神,过小年;紧接着还有立春;腊月期间碰上皇帝家里红白喜事,全国也要放假;对于官员而言,每十天还有"旬休";过了春节黄金周,又是元宵节。所以春节前后节日一个连着一个,遇到好年景好皇帝,春节不是一天,也不是一周,几乎是一个多月了。

看来,无论在哪个时代,体察民生、安邦治国不仅仅是解决老百姓的吃饭问题和国家的富强问题，在这些之外，还不能缺少休闲娱乐。

在宋词中，因为元宵盛况不只是元宵节那一天的狂欢，我们可以看到元宵节的"狂欢"留给人们的不仅是当时的深刻感受，多少年后仍然是他们回忆往事时刻骨铭心的记忆。人们难忘元宵节那持续多日的盛况，难忘元宵节夜夜的游乐，在这些盛况游乐的背后，是人们轻松、快乐、安宁、富贵、奔放、充满激情的生活。李清照中年时在南宋都城面对灿烂的晚霞，面对全城大街小巷花灯如山耸立，鼓乐喧天，情不自禁回忆起往日青年时代的元宵节：

> 中州盛日，闺门多暇，记得偏重三五。铺翠冠儿，捻金雪柳，簇带争济楚。

李清照失去了丈夫，失去了她唯一的家庭成员和依靠，她融不进眼前的欢乐，她难忘昨日的欢乐记忆：那时天下太平、家道隆盛，恰值青春年少，每逢元宵节总要用各种首饰特意装扮一番，与闺中好友簇拥着上街观灯，尽情欢度元宵之夜。

欧阳修是先于李清照出生的北宋词人，他没有经历李清照那样国破家亡的经历，但他对元宵节狂欢深刻的记忆与李清照是相同的。他的《御带花》一词里开头两句"青春何处风光好？帝里偏爱元夕"，这是作者记叙京城生活中人们对元宵节的看重，也是直言自己对元宵节的"偏爱"。词中大段的描写都是作者形象比喻以及记叙京城元宵夜的繁华富丽景象。

御带花
欧阳修

青春何处风光好？帝里偏爱元夕。万重缯彩，构一屏峰岭，半空金碧。宝檠银釭,耀绛幕、龙腾虎掷。沙堤远,雕轮绣毂,争走五王宅。

雍容熙熙昼,会乐府神姬,海洞仙客。拽香摇翠,称执手行歌,锦街天陌。月淡寒轻,渐向晓、漏声寂寂。当年少,狂心未已,不醉怎归得。

"青春何处风光好?帝里偏爱元夕。万重缯彩,构一屏峰岭,半空金碧。"青春,指春季草木青葱。春天何处风光无限,那就看看帝京的元夕吧:万重灯彩,将夜空装点得金碧辉煌。

"宝檠银釭,耀绛幕、龙腾虎掷。沙堤远,雕轮绣毂,争走五王宅。"宝檠银釭,指华丽的灯架和灯盏;耀绛幕、龙腾虎掷,各种罩红色纱幕的灯像龙飞虎跃。在元宵夜的金碧辉煌中,华美亮丽的灯盏,如龙腾虎跃一般在眼前舞动。在繁华的大街上,放眼望去,远处是一辆辆雕轮绣毂的轿车,穿梭于王府权贵府邸之间。

"雍容熙熙昼,会乐府神姬,海洞仙客。拽香摇翠,称执手行歌,锦街天陌。"在温暖明亮如白昼的灯火里,乐府里歌女宛如天仙般美丽。锦绣般的大街上,少年人成双成对,倾诉衷肠。

"月淡寒轻,渐向晓、漏声寂寂。"在狂欢中不知不觉月亮已经发白,拂晓即将来临,夜晚的钟声越来越弱了,但是"当年少,狂心未已,不醉怎归得",虽然夜已经发白,清晨寒意拂来,但对那些正当青春年少的男儿,面对狂欢夜的良辰美景、美女、美酒,不畅饮到醉,回来如何甘心?

当年元宵节的狂欢是与青春年少一样美好的回忆。

3. 华灯、美女

在描写元宵盛况时，华灯、美女，是咏元宵词中少不了的两个主题，很多词都从不同的角度反复提到这两个方面。而且，不少词的作者如笔者一样对元宵节花街灯市的繁华和风流胜景感到惊讶，所不同的是：笔者是初次读到时的惊讶，他们是初次见到时的惊讶。如李邴《上元》一词：

上 元
李 邴

帝城三五，灯火花市盈路，天街游处。此时方信，凤阙都民，奢华豪富。纱笼才过去，喝道转身，一壁小来且住。见许多，才子艳质，携手并肩低语。

东来西往谁家女，买玉梅争戴，缓步香风度。北顾南顾，见画烛影里，神仙无数。引人魂似醉，不如趁早，步月归去。这一双情眼，怎生禁得，许多胡觑。

"帝城三五，灯火花市盈路，天街游处。"三五即正月十五，天街指京城大街。正月十五京城到处都是灯火花市，富丽堂皇的大街上到处都是游人。"此时方信，凤阙都民，奢华豪富。纱笼才过去，喝道转身，一壁小来且住。见许多，才子艳质，携手并肩低语。"凤阙，指都城；小来且住，即暂且停留；才子艳质，指靓男美女。看到帝城三五时的花街灯市，看到满街携手并肩低语的才子佳人，才能相信京城如此奢华豪富、胜景风流。

"东来西往谁家女，买玉梅争戴，缓步香风度。北顾南顾，见画烛影里，神仙无数。引人魂似醉，不如趁早，步月归去。这一双情眼，怎生禁得，许多胡觑。"北顾南顾，即四面望去；神仙无数中的"神仙"指代青楼妓女；末句中胡觑，指随意窥视。词人初次置身于倾城游乐的人流车流中，游街逛市、观灯赏花之余，左顾右盼，看才子佳人成双成对，看美女买玉梅争戴，看酒楼歌舞升平，歌女舞女无数，看得词人眼花缭乱，引魂似醉。但这位词人具有高度的道德修养，所以自我心理暗示，如果抵挡不住这些香车美女，"不如趁早，步月归去"。

"这一双情眼，怎生禁得，许多胡觑。"是的，对美的热爱在过去和现在都是如此。

宋代的华灯，当然不是电灯，那是千万支蜡烛的聚集，但那不是简单的蜡烛堆集，万盏蜡烛藏在龙形或鱼形的草把里，外面有青布包裹着火把，这些火把挂在城门的大门上望之蜿蜒如双龙飞走，举在大街上游走，宛如鱼龙舞动。

元宵节的灯火除了火把形状外，还有像星星一样闪烁的万千灯盏，那是实实在在的各式各样的灯。伊永文著的《宋代市民生活》一书中列举了20多种形状的灯的名称，那些灯名大多是我们今天不知道的，如用白玉做成的福州灯；浑然如玻璃球的新安灯；五色琉璃制成的苏灯；用五色珠为纲，下垂流苏，灯上为龙船、凤辇或楼台故事的珠子灯；珠光宝气、围绕着星星的万眼罗灯，还有坐车灯、衮球灯、槊绢灯、日月灯、诗牌绢灯、诸般王留珊子灯、诸般巧作灯、平江玉珊灯、罗帛灯、沙戏灯、火铁灯、进缒架儿灯、像生鱼灯、一把蓬灯、海鲜灯、人物满堂红灯，等等。

那些灯名中也有些是我们能想象到的和比较熟悉的，如镂镂精巧的羊皮灯、球灯、镜灯、字灯、凤灯、水灯、琉璃灯、影灯以及竹制的莲花灯等。

那些灯中今天我们最熟悉的是走马灯,那种回转如飞,灯罩上绘出各式传说人物的走马灯,仍然是现在节日中人们喜欢的装饰品。

元宵节的灯火除了火把、灯笼外,一盏一盏莲花灯的烛光也是最使人难以忘怀的记忆:长竹劈开一半,下面是花柄,上面劈开的部分仿如盛开的莲花花瓣,中间放点燃的蜡烛,烛光火红,成片的红烛在风中摇曳,在烛光的映射下,一盏盏莲花灯宛如沾上清露,逐渐烧残而销蚀,但很快又接上了一支支怒放的红烛。

元宵夜的灯火就是那样愈燃愈旺,随销随点,纵有风露,也丝毫不减其灿烂光灼,这就是周邦彦《解语花·上元》一词开篇给我们描绘的情景:风销绛蜡,露浥红莲,灯市光相射。

解语花·上元

周邦彦

风销绛蜡,露浥红莲,灯市光相射。桂华流瓦,纤云散,耿耿素娥欲下。衣裳淡雅,看楚女、纤腰一把。箫鼓喧,人影参差,满路飘香麝。

因念都城放夜,望千门如昼,嬉笑游冶。钿车罗帕,相逢处、自有暗尘随马。年光是也,唯只见、旧情衰谢。清漏移,飞盖归来,从舞休歌罢。

词名中的"上元"即元宵节,根据道教的说法,在古代又称为上元节,十月十五为下元节。"风销绛蜡,露浥红莲,灯市光相射。桂华流瓦,纤云散,耿耿素娥欲下。"元宵夜,满城烛光在风中怒放,一派灯火通明。抬头望月,月色是那么皎洁,似风华绝代的美女,那里确实也住着仙女嫦娥。嫦娥带着女子特有的香气，如同桂花一般令人向往，在云开月出之际，"耿耿素娥欲下"，那仙女似乎正在朝我们飘飘而下。

"衣裳淡雅，看楚女、纤腰一把。箫鼓喧，人影参差，满路飘香麝。"在良辰佳节之际，在灯火通明和月光映照下，有多少平常不出门的美女都出来观灯赏月了，她们衣着淡雅，细腰楚楚。在箫鼓喧天、人影参差中，一路上飘满沁人心脾的香味。天上嫦娥、地上楚女，这情景是天上人间，还是人间天堂？

眼前这热闹的元宵夜，又让词作者想起了当年京城元宵赏月的情景。那也是"千门如昼，嬉笑游冶。钿车罗帕，相逢处、自有暗尘随马。"京城上元之夜也是烛光在千家万户门前闪耀，大街上满是观灯赏月的游人，还有坐着考究的金丝轮子马车出去约会的美女，她们与人约会见面时，身后常常还有骑马男子跟随护卫。

可是，"年光是也，唯只见、旧情衰谢"。那是多年前，年轻时的热闹了。年年岁岁花相似，岁岁年年人不同，饱经沧桑的自己，已经没有昔日狂欢达旦的激情了。"清漏移，飞盖归来，从舞休歌罢。"眼看着夜渐深沉，不如乘车赶快回家，远离欢歌艳舞的热闹。

周邦彦词后面"清漏移，飞盖归来，从舞休歌罢"，给我们一点感叹年华老去的悲凉；但是，他淡淡地看"风销绛蜡，露浥红莲，灯市光相射"，他欣赏那些在鼓乐喧天、人影参差中的纤腰楚女衣裳淡雅，满路飘香麝。他的叹息似乎在提醒我们，人生的每一时刻都是唯一的；既然如此，那也是在提醒人们，人生中的每一种经历都是你必须面对的，淡然处之而不是过度介怀，才能承受那些生命所不能承受之重。

也许，这些也正是词作者所做到了的，因为正是他在年华老去、历经沧桑之后，才写出这么美的元宵节之夜，千年来留给我们后来人欣赏和感叹。

"从舞休歌罢"的叹息只是随风而逝的一句啰唆话而已。

元宵节,不仅仅是龙擎烛戏,风销绛蜡,露浥红莲,灯市光相射,还有无处不在的美女,她们总是用各种装饰把自己打扮得分外娇艳。在宋代,女性首饰因为游玩产生大量需要,其式样和制作工艺因而大量翻新,以至于各种各样的首饰多得不知道怎么用书面文字称呼其名。如晁冲之《上林春慢》中对元宵节的描写,就会引起我们对当时这些生活细节的想象。

上林春慢

晁冲之

帽落宫花,衣惹御香,凤辇晚来初过。鹤降诏飞,龙擎烛戏,端门万枝灯火。满城车马,对明月、有谁闲坐?任狂游,更许傍禁街,不扃金锁。

玉楼人,暗中掷果。珍帘下,笑著春衫袅娜。素蛾绕钗,轻蝉扑鬓,垂垂柳丝梅朵。夜阑饮散,但赢得翠翘双軃。醉归来,又重向,晓窗梳裹。

"帽落宫花,衣惹御香,凤辇晚来初过。鹤降诏飞,龙擎烛戏,端门万枝灯火"中的"宫花",即皇帝赏的花,元宵等节庆日皇帝要在皇宫里"赐群臣宴",并"赐臣僚花";凤辇,指皇帝所乘的轿车;龙擎烛戏,火把灯挂在大门左右两边上立起来,像双龙戏走一样;端门,皇宫正门。"帽落宫花,衣惹御香,凤辇晚来初过。鹤降诏飞,龙擎烛戏,端门万枝灯火"是说作者傍晚刚刚参加国宴,受到皇帝的接见,帽子上戴着皇帝赏赐的花,衣服上沾满了皇室的香气,当上了"国家级劳模"心情很舒畅，走在大街上还在回想刚才的光荣和兴奋。而且，因为心情好他自己的兴奋与大街上的兴奋合二为一，他马上又沉醉在热闹的元宵夜中。他看到"鹤降诏飞，龙擎烛戏"，皇宫大门前万枝灯火，一片辉煌。

"满城车马，对明月、有谁闲坐？任狂游，更许傍禁街，不扃金锁"，禁街，指皇宫周围的大街，那里平时禁止行人往来；"不扃金锁"中的"扃"，是上锁之意，"不扃金锁"指禁街不禁。节日氛围充满往日戒备的禁街，满大街上都是车马，在一轮明月和满城灯火中，到处都是欢乐的人群。

"玉楼人，暗中掷果。珍帘下，笑著春衫袅娜。素蛾绕钗，轻蝉扑鬓，垂垂柳丝梅朵"，看，那灯火如画的高楼上有女子向街上的意中人投掷花果，她们穿着纱裙，身材苗条，隔着珍帘望去也是满脸欢笑；各种首饰为她们锦上添花，"素蛾绕钗，轻蝉扑鬓，垂垂柳丝梅朵"，蛾、蝉、蜂、蝶、雪柳、玉梅、灯毯等装饰使那些女子袅袅满头，髻鬟篸插，美丽妖娆。

"夜阑饮散，但赢得翠翘双弹。醉归来，又重向，晓窗梳裹。"翠翘，也是古代女子一种首饰，此处指代女性。弹，音朵，下垂之意。夜深了，但是高楼上的宴赏往来如同大街上的车流人马一样昼夜不止，有无数人正在此时讨美女的欢心；有无数美女在元宵节夜夜欢度，直到拂晓才酒醉归来，虽然脸带倦容，向"晓窗梳裹"，但是来不及休息一会儿，她们又要出门了。

这就是元宵节，不仅词作者自己帽落宫花，衣惹御香，心情欢畅，全城都在狂欢，包括那些锁在深闺的玉楼人。

这首词像记事式的流行歌曲一样，为我们通俗地展现出宋朝元宵节的风情和盛况。词中的诸多细节使人觉得这元宵节过得真讲究，非比寻常日子。除了城市、大街、香径、花荫的各种华丽装饰外，皇宫周围的大街也"不扃金锁"对百姓开放，大臣可以得到上级的宴请，并且还可能"帽落宫花"，戴上由皇帝赐予的花。女性在这华丽的节日里，各种各样的首饰、袅娜衣衫衬托得她们无比妖娆。在满城灯火和月光中，那些穿着新衣、戴着鲜花、打扮得漂漂亮亮的人不游乐至深夜根本不尽兴。

4. 人月圆

人月圆·元夕

王诜

小桃枝上春来早，初试薄罗衣。年年此夜，华灯盛照，人月圆时。

禁街箫鼓，寒轻夜永，纤手同携。更阑人静，千门笑语，声在帘帏。

这首词与前几首写元宵节的狂欢夜景相比有些不同，在描绘元宵夜景的同时，传达的是华灯盛照时，月圆人也圆的幸福。

"小桃枝上春来早，初试薄罗衣。"早春桃花正在绽放，正月十五的元夕来临了，年年此夜，华灯盛照，也是相恋相知的人相约见面、共度良宵的时刻，得把节日穿的裙装拿出来试穿一下，准备迎接"人月圆时"的欢庆时刻。

"禁街箫鼓，寒夜轻永，纤手同携。"在京城的街上，不仅灯火辉煌，而且箫鼓朦罩，拉着女友纤纤细手，逛街观灯，感觉这深长而温暖的夜晚。

"更阑人静，千门笑语，声在帘帏。"五更打完，天就要亮了，但在这月圆之夜，在这欢乐的节日之夜，在这人月同圆的幸福时刻，也是城市的不眠之夜。即使天将破晓，更阑人不静，千门笑语，声在帘帏——亲人们在温暖的室内相聚，笑语声不时从一家家帘帏后传出来，天涯共此时。

灯火相映，月光如水，箫鼓喧天，车马人流络绎不绝，那仅仅只是元宵节的一部分，还有一部分也是元宵节的主题，这个主题也是元宵节的重要目的，这就是亲人的欢聚。

元宵节如果灯市依旧，月光依旧，但没有人的团圆或者佳人失约，那将是平日双倍的惆怅。《生查子·元夕》就是从这个角度来描写元宵节的。

生查子·元夕

欧阳修

去年元夜时，花市灯如昼。月上柳梢头，人约黄昏后。

今年元夜时，月与灯依旧。不见去年人，泪湿春衫袖。

"去年元夜时，花市灯如昼。月上柳梢头，人约黄昏后。"欧阳修用平淡隽永的文字为我们讲述了另外一个元宵节常见的"人月圆"的故事：去年元宵节，那是一个令人难以忘怀的时刻，满街花市被灿烂灯光笼罩，大街上一派节日的欢乐，我们相约在月亮升上树梢的黄昏后，节日的欢乐酿造青春和爱情的美酒，烛光和月光是我们两情相悦的见证。

但是，今年元夜时，我们却是天各一方，虽然"月与灯依旧"，但只有我独自看着满街的热闹,泪水禁不住湿透衣袖。那酿造爱情的美酒依旧,但在这一片欢乐中,我就像一叶漂移的浮萍,被那一片欢乐和灿烂的灯火击打得到处游荡,孤独地浮在这热闹的节日之外。没有你,就没有去年元夜时的那份欢乐和柔情,此情此景叫我难以忘记去年元夜我们共度的良辰。面对一片欢乐,一片灯火,思念着你,我心中满是惆怅和悲伤……

欧阳修这首元夕的词再次让我们感受到元宵节"年年此夜,华灯盛照,人月圆时"的意境,那是与大街上狂欢的热闹相连又如此不同的一种意境。

下面也是一首怀念元宵节"人约黄昏后"的词,是作者多年后对元宵节相聚的回忆。

鹤冲天

贺　铸

冬冬鼓动,花外沉残漏。华月万枝灯,还清昼。广陌衣香度,飞盖影、相先后。个处频回首。锦坊西去,期约武陵溪口。

当时早恨欢难偶。可堪流浪远,分携久。小婉兰英在,轻付与、何人手。不似长亭柳。舞风眠雨,伴我一春销瘦。

"冬冬鼓动,花外沉残漏。华月万枝灯,还清昼。"遥想那一年的元宵夜,月光明媚,灯火辉煌,震天动地的鼓声伴着人们兴致高涨的喧闹声,充满那节日的夜晚,低微的滴漏声晃荡在这热闹之外,它提醒着人们,时间在飞逝,但沉浸在欢乐中的人们,似乎忘记夜已很深很深。

那个欢乐的夜晚,也是我初次遇见她的时候,"广陌衣香度,飞盖影、相先后"。在人声鼎沸中,突然我看见了那个如七彩幻影般的女子。在月夜中,她衣香幽幽,车影朦胧,我情不自禁地尾随在她的身后。

"个处频回首。锦坊西去,期约武陵溪口。"她也发现了我,她同样为情所牵,频频回首,并且最后还下车与我相约下次见面的地方。

"当时早恨欢难偶。可堪流浪远,分携久。小畹兰英在,轻付与、何人手。不似长亭柳。舞风眠雨,伴我一春销瘦。"但是,匆匆之间,这些转眼已是多年前的偶遇了。从那时到现在,我流浪在远方,欢聚的时刻是那样短暂,无限的思念伴随着长久的分离。真是"当时早恨欢难偶。可堪流浪远,分携久"。在这长久的分别里,想必她已与他人牵手,像"长亭柳"那样与我为伴是不可能的,舞风眠雨中,自己的关心思念伴着"一春销瘦",缠绵无穷。

有些人和事,像缀在青春岁月的风铃,当夕阳西斜,微风吹来,当自然界物换星移时,桃杏初开时,那串青春的风铃便会随风摇曳,让你思念过往的铭心刻骨的一件事、一个人。

元宵节的欢聚,就是这样一串青春岁月中让人不能忘怀的风铃。

元宵夜的相遇相约,也许是人一辈子美好的记忆和思念,特别是当那些当事人远离京城、漂泊在外,远离青春、历经沧桑时。

贺铸这首《鹤冲天》不能不带给人这样的感觉。

"花市灯如昼"与"人约黄昏后"是元宵节的两个主题,"花市灯如昼"是一幅画,"人约黄昏后"是画中盛开的花。因为有难以忘怀的"人约黄昏后",使得"花市灯如昼"也铭心刻骨,因为"花市灯如昼"的衬托,所以"人约黄昏后"是一种幸福的思念。

三、词中清明

1. 印象中的清明没有游戏

在笔者以前的印象中,清明节总是与冷清、寂寞、严肃、愁思连在一起。

我们小时候,学校在清明节常常组织学生去革命先烈墓地扫墓,进行革命传统教育。记得当时的烈士墓不是在陵园里,而是在一大片山野中孤零零地静卧着的几个小土包。虽然烈士墓像普通的老百姓墓,但是我们的态度很严肃认真,每次来回总要大半天,在老师的带领下大家静静地去,严肃地默哀,听老同志讲先烈的英雄事迹,扫墓,静静地回。

在笔者未出生前很多年,我的爷爷、奶奶即去世,那时候我们从未听父母提起过要去给他们上坟、扫墓。去给家人扫墓,在当时我父母认为是不合时宜的,我们家那时不允许搞这些活动。

改革开放后,妈妈家的兄弟姐妹把外公和外婆的骨灰合葬在武汉市汉阳一座山上的公墓。前些年,想到年轻一辈工作忙抽不出空,扫墓的路上人多车挤,妈妈和姐妹们每次都是她们自己去,没有带上小一辈人。两年前,笔者与表妹一起去公墓给外婆扫墓,感觉墓园非常拥挤,不是听三姨说后想象中的背山面水那么雅致。

现在,城市扩大了,墓园离市区很近,从汉口或者武昌坐公交车过去只要半小时左右。墓园里面有山、有树、有水,乍一看,像个幽静的公园,但是再看一眼,就会感觉到这里没有公园的那种空间感。墓园里除了路和一个小湖,那些山全被从上到下排列的墓地占满了,每块墓地还没有电影院椅子的面积大。墓碑像电影院的椅子一样一排排地从山上往下排列着,看上去密密麻麻,感觉比电影院还要拥挤。我和表妹按照几排几号寻找过去,幸好那天不是清明,左右上下墓的亲人都没有来,要不然在这些碑与碑的缝里站几个人都非常拥挤。尽管只有我和表妹,但我们还是不能轻松地蹲下去,要很小心地顺着两排墓地的方向,在两块墓碑之间的空地蹲下去。

上下墓碑形成的纵向过道两旁是成排的大树,没想到那些树上藏满蚊子,地上青草中也满是蚊子,等我们一站定,成群的蚊子向我们袭来。烧完香,匆忙扫完墓,我俩像逃走一样的从山上跑到平地上,回到大路上来。大门口卖花的婆婆给了我们一瓶风油精救急,像及时雨。

2. 古代清明踏青郊游

清明是古代重要的节日之一,不仅仅是扫墓祭祀的日子,也是游乐宴赏的日子。从一首首宋词中,笔者惊讶地看到,清明节是都市人倾城出动踏青郊游的节日。

北宋的流行词作者柳永,大半生都漫游在宋朝的各大城市,他写的词详细地为我们记录下了他眼中都市的华丽风情。柳永眼中的清明带给我们的全然是一番游乐盛况:

木兰花慢

柳 永

拆桐花烂漫，乍疏雨，洗清明。正艳杏烧林，缃桃绣野，芳景如屏。倾城，尽寻胜去，骤雕鞍绀幰出郊坰。风暖繁弦脆管，万家竞奏新声。

盈盈，斗草踏青。人艳冶、递逢迎。向路旁往往，遗簪堕珥，珠翠纵横。欢情，对佳丽地，信金罍罄竭玉山倾。拚却明朝永日，画堂一枕春酲。

"拆桐花"，意即开了桐花；"缃桃绣野"中的"缃"，指浅黄色。"拆桐花烂漫，乍疏雨，洗清明。正艳杏烧林，缃桃绣野，芳景如屏"这是写景，也表明时间。在桐花烂漫的时节，突然的一场小雨，把天气清洗一新。此时，春暖花开，燕子双飞，杨柳飘飘，杏林像火一样浓艳，桃花像绣在田野上的锻锦，清明时节，郊外满目芳景如画。

"骤雕鞍绀幰出郊坰"句中"骤"，意为驱驰；"雕鞍"，意为装饰华美的马鞍，这里指代马；"绀幰"（gàn xiǎn），意为天青色的车幔，这里指代车；坰，意为远郊，"郊坰"，指遥远的郊野。"倾城，尽寻胜去，骤雕鞍绀幰出郊坰"，这几句写出游路上的热闹——万千装饰华丽的马车，撑着天青色的车幔，还有插花的小轿车抬着美女，和着乐声、马蹄声、车轮滚滚声、人声倾城出动，向遥远的郊野驶去。

"风暖繁弦脆管，万家竞奏新声"这两句写到了目的地的热闹——郊游处的园林像街市一样热闹，绿树下、树林间，到处是游人，一簇簇相集相拥，罗列杯盘，相互敬酒应酬，在音乐声中开怀畅饮。

在词的下片中，作者先写到女子的欢乐嬉戏，后写男人尽兴醉酒。

"盈盈，斗草踏青。人艳冶、递逢迎。向路旁往往，遗簪堕珥，珠翠纵横。欢情，对佳丽地，信金罍罄竭玉山倾。拚却明朝永日，画堂一枕春醒"。"盈盈，斗草踏青"中的"盈盈"，形容女子仪态万方，兼有众多之意；"斗草"，即用草或花做竞赛的游戏，是古代的一种风俗游戏活动；"踏青"，指清明节到郊外春游。

"人艳冶、递逢迎"中"艳冶"为艳丽、妖冶之意，"递"，驿车，驿马，"逢迎"，连续不断地相遇，这一句也是写春游时的美女多、豪车多。

"向路旁往往，遗簪堕珥，珠翠纵横"中，"往往"指处处；珥（ěr），古代珠玉耳饰。女子不仅多，而且装饰富丽堂皇，那些珠宝饰物在绿色的映衬下美不胜收，使田园风光锦上添花。

"信金罍罄竭玉山倾"中的"信"是听任；"金罍（léi）"，古代盛酒的铜制器皿；"罄"，空；"玉山倾"，形容醉倒。"拚却明朝永日，画堂一枕春醒"中的"永"，长之意，"醒"（chéng）是醉酒醒后晕乎乎的状态。

词的上片写完郊游大场面的热闹后，在下片柳永又带我们欣赏郊游的近景和人物特写。

看，那众多美女，她们在园子里的亭子间、林间小路上盘绕嬉戏，折下一朵朵红艳艳的山花插在发簪上，相互争奇斗艳。看，一群群人在绿树下的芳草地上饮酒听歌、一醉方休。

这"盈盈，斗草踏青"与"欢情，对佳丽地，信金罍罄竭玉山倾"的热闹，似乎是宋朝的清明节留给我们不同于现在清明节的印象。

无名氏的一首词告诉我们宋人有过了十五接着春游的习惯，词是以回忆的口吻写的。

鹧鸪天

无名氏

忆得当年全盛时，人情物态自熙熙。家家帘幕人归晚，处处楼台月上迟。

花市里，使人迷，州东无暇看州西。都人只到收灯夜，已向尊前约上池。

"忆得当年全盛时，人情物态自熙熙。家家帘幕人归晚，处处楼台月上迟。"每到元宵夜狂欢时节，家家户户人迟归，处处楼台月夜里轻歌曼舞。

"花市里，使人迷，州东无暇看州西。都人只到收灯夜，已向尊前约上池。"一串串花灯，一条条花街使人眼花缭乱、目不暇接，看了城东头就来不及去逛城西了，待到十九日收灯夜后，都城人已在盘算清明出游的计划了。清明时节景色清秀、万物生发，是郊游也是交友的好时机，元宵节一过，都市人又在相约清明的郊游。

在一些史料中，我们也可以读到清明前后的游乐与正月十五元宵节的狂欢连接在一起的记载，在宋人孟元老的《东京梦华录》中，写到"收灯毕，都人争先出城探春……"感觉就是十五上元夜是在城内的狂欢，清明游乐地点移到郊外。

宋人那时愿意倾城郊游，与他们的郊区建有大量的园林关系密切。东京城郊的游览区，既有大型的皇家园林，也有遍布郊野的私人别墅园林。皇家的别宫园囿主要有琼林苑、金明池、宜春苑、玉津园。

皇家园林对公众开放，这是我们能读到许多赏心悦目游景词的原因之一。春天金明池开放时，无论市民、村民、老幼都可入内玩耍，有时皇帝亲临，与民同乐。想一想现代奥运会以及世博会的隆重及热闹，不难想象那时皇家园林人头攒动，在皇家园林豪华的建筑设计中，市民以及村民看到了想象中的富丽堂皇，享受到了想象中奇特的娱乐，比如水上宫殿、湖里巍峨的龙舟、似桥连般的画船；比如高超特技划船"争标""水秋千"表演，以及水戏、水球表演等；还有满园杨柳、遍地杏花、流莺粉蝶、湖光潋滟、山色翠绿的美景；还有金明池内的香车、宝马、酒楼，如潮涌般的人流，沿岸不停地在召唤游人的船队……

除了皇家的园林，城郊百里内外无一处不是供人游玩的绿地，私人园林比比皆是，叫得出名的有十多处，叫不出名的达百处之多。那些遍布都城郊区的私家园圃，被粉墙包裹，花香绿叶满面春光，阳光照耀下，万花争艳出墙；田野小路上细柳斜飘，大地被香气笼罩，芳草如茵烂漫，杏花如火，骏马在林中小道上响亮地叫着，小鸟在柳树上啼鸣，燕子在晴空中飞舞；有佳人在水榭层楼，小桥流水下有歌声从船上传出。抬头看秋千巧笑，旁边则是蹴鞠疏狂；大好春光里，才子佳人成就良缘无数。

如果倾城出动的人马淹没在荒山秃岭中，会有那么多郊游的宋词流传于世吗？

据说巴黎某任市长感叹塞纳河两岸消失了人行道，下决心在他任上把两岸的快车道铺上了沙子，安装上淋浴等休闲设施，使塞纳河两岸变成休闲沙滩，成就了巴黎一段吸引人的城市风景和休闲场所，受到众多游人的欢迎。

过去和现在，休闲——都是城市建设和管理中的重要内容。

3. 行乐过清明

过去的清明不仅有郊游，而且是快乐的郊游。在仲殊的词中，我们仿佛直接看到了"行乐过清明"的情景。

南徐好·渌水桥

仲 殊

南徐好,桥下渌波平。画柱千年尝有鹤,垂杨三月未闻莺。行乐过清明。

南北岸,花市管弦声。邀客上楼双榼酒,舣舟清夜两街灯。直上月亭亭。

"南徐好,桥下渌波平"中的"南徐",地名,即京口(现在的江苏镇江);"渌水桥",京口桥名。"渌",清澈之意。"画柱千年尝有鹤"一句是借典故称赞京口人杰地灵、历史悠久,传说有古人学道成仙后化成仙鹤回乡,飞在城门华表柱上。"邀客上楼双榼酒"中的"榼"(kē),是古代盛酒或贮水的器具;"舣舟清夜两街灯"中的"舣",附船着岸之意。

这首词很明了地描写了清明前后、江南古镇镇江最繁华热闹处——渌水桥两岸的风光:在这个江南水乡,渌水桥桥下碧波荡漾,岸边杨柳飘拂,明月映江;两岸街灯闪烁、夜市繁忙,酒楼管乐声不断,游客、歌女深夜未散。

南徐这个古镇一派"行乐过清明"的欢乐、祥和。

那是一个没有生态环境压力的时代,城市里没有汽车、没有摩天大厦,也没有雾霾,有小桥流水、诗情画意——春天的花如此鲜艳,春天的绿如此青翠;春天的气味如此芳香,春天的水如此清亮。在风景如画的明媚春天,还有悠闲的人,他们踏青、赏景、写诗、唱歌、跳舞、饮酒作乐。

今天，在我们看来那是一个"生态园林城市"中的宜居生活。

晏殊的《春景》一词也给我们带来这样清新的感觉。

破阵子·春景

晏　殊

燕子来时新社，梨花落后清明。池上碧苔三四点，叶底黄鹂一两声。日长飞絮轻。

巧笑东邻女伴，采桑径里逢迎。疑怪昨宵春梦好，元是今朝斗草赢，笑从双脸生。

"燕子来时新社"中的"新社"，指春社，古代在春日举行祈求丰收的仪式，叫"春社"。立春到清明的这段时候正是春光蓬勃的时候，此时新燕来临，新的一年的"社日"也来临了，借着春社赛会的热闹和欢腾，邻里聚会饮酒，闺中少女也趁机放了假，停了女红等针线活计，呼朋唤友，出门游玩。

在晏殊这首词里，我们读到的正是这样背景下的清明——清新活泼欢乐的清明。

"燕子来时新社，梨花落后清明。"春天燕子飞来时，祈求丰收的日子春社就到了，这是一年中季节的开始，是一年中种下美好希望的开始。

春社前后也是出门游玩的时候，脱下冬装，人们办庙会、演戏、看戏，会亲戚朋友，到野外踏青，在轻松的心情中迎接新春；梨花落下后，就是清明节了，从春社到清明，这正是一年中万物生长的时节，在这个美好的时节，景色分外明艳。

"池上碧苔三四点，叶底黄鹂一两声。日长飞絮轻。"园中水池上长出碧苔，树叶下黄鹂轻鸣。白天渐渐变长，天地明媚回暖，柳絮轻轻飘飞。

除了鲜艳的景物，春天里最美的当然是欢乐的人，词的上片写了美景，下片写美女。

"巧笑东邻女伴，采桑径里逢迎。疑怪昨宵春梦好，元是今朝斗草赢，笑从双脸生"几句中，"巧笑"形容女子轻松甜美的笑容；"疑怪"，难怪之意；"元是"，原来是。

"巧笑东邻女伴，采桑径里逢迎。疑怪昨宵春梦好，元是今朝斗草赢，笑从双脸生"这几句词，让我们看到明媚的春光里少女游戏的欢快场面。邻里女伴在花丛中、田野上盈盈地笑着，相遇在采桑子的路途中，她们一起玩起斗草的游戏来，比赛双方各自拿出身边的奇花异草，或各自说出想象中的花草名目与对手一比高下，比赛双方以说出更高级、更奇巧的花草名目者为赢家。忽然，斗草的姑娘群中一阵笑声爽爽而出，比赛的结果出来了。赢了的那个姑娘满脸生笑，边笑边说：难怪昨夜做了个美梦，原来是预示我今天斗草要赢了。

我们读古人写清明春景的词，与他们一起感受大地万物的自然之美的同时，也仿佛与他们一起在重温大自然对人类的恩惠，重温人存在于世界的意义。

人是大自然怀抱中的群体动物，一方面依靠自然、一方面依靠群体才能克服生存的诸多困难活下去。

自然给予我们食物、空气、水；群体的力量使我们可以把苦变成甜、单调变成有趣、劳累变成幸福、紧张变得轻松。而这一切改变如果有大自然作依托，其作用更大。比如体育运动，那么单调、困难、枯燥的动作，但是在大自然山环水抱中的环境，就变成了那么多人观看的游戏，那么多人为之欢呼，为之感动。

宋祁的《锦缠道·春游》一词，通过对景物的描绘，记录下作者所欣赏的春天美景，也带给我们轻松、欢快的感觉。

锦缠道·春游

宋　祁

燕子呢喃，景色乍长春昼。睹园林万花如绣。海棠经雨胭脂透。柳展宫眉，翠拂行人首。

向郊原踏青，恣歌携手。醉醺醺尚寻芳酒。问牧童，遥指孤村道，杏花深处，那里人家有。

"燕子呢喃，景色乍长春昼。"早春来临，在乳燕轻轻的叫声中，令人感觉到白昼突然长起来了。"睹园林万花如绣。海棠经雨胭脂透。"看吧，春天的园林中花儿竞放，万紫千红，绚烂多彩如锦绣；特别是那海棠花经过春雨的滋润，鲜艳欲滴，仿佛是用胭脂浸透了似的。

除了红透了的海棠，还有绿树"柳展宫眉，翠拂行人首"。新春翠绿色的柳条长得又细又长，像是宫女的画眉一样妩媚，翠嫩柔长的枝叶随风在游客头上飘拂，仿佛是对人们发出春游的邀约，在大自然的这一片盛情之下，游人怎能不尽兴前行？

所以，在这生机盎然的时刻，人们到郊外踏青，恣意歌唱牵手，"向郊原踏青，恣歌携手。醉醺醺尚寻芳酒"。虽然已经喝过酒了，但春光明媚，大家都心情欢快、意犹未尽，歌声欢，谈兴正浓，找寻酒家也成了大家春游的一项重要内容。

下面欧阳修的这首《采桑子》没有直接描绘春游，而是通过"去游"和"归来"两点一线，描绘了游人白天拥去至傍晚归城的"满目繁华"，让我们想象到了宋朝清明节时春游的热闹景象。

采桑子

欧阳修

清明上巳西湖好，满目繁华。争道谁家？绿柳朱轮走钿车。

游人日暮相将去，醒醉喧哗。路转堤斜。直到城头总是花。

词的上片写人潮涌向西湖。

"清明上巳西湖好，满目繁华"，"上巳"，清明后三天，上巳日也是古人游春踏青的节日。三月初，清明上巳时节正是游春踏青的好季节。春天的西湖，水光潋滟、青山环绕、花繁叶茂，分外美丽，是人们游赏的好去处；放眼望去，在通往西湖的路上，车水马龙，熙来攘往，一片沸腾，那情景真是"满目繁华"。

"争道谁家？绿柳朱轮走钿车。"那些匆匆向前的马车车轮涂着大红油漆、车身镶嵌着金丝花纹，在翠绿的垂柳下穿过时，闪着耀眼的光芒。看，在那一片人声鼎沸中，是什么样的人家在拥挤的湖岸边怕落后正在与别人争道？

词的下片写日暮游人离去的情景。

"游人日暮相将去，醒醉喧哗。"天色渐晚，尽兴饮乐、畅游一天的人们有的已经喝醉了，但不论醉与醒，大家兴致不减，笑声、歌声、高谈阔论的话语声在回去的路上不绝于耳。

极目远望，从湖岸到回城的路上，"路转堤斜。直到城头总是花。"在宛转曲折的路上，远方的湖岸也仿佛是倾斜的，行人像长龙似的布满那弯曲的马路；马车上的灯火映照着车上人们采摘的鲜花，花与车形成了一条"长龙"，看上去从湖那边到城门那头全部都是花在移动的风景。

这情景让人想起了天安门广场熟悉的画面——节日时天安门广场上那红旗和人的海洋，花和歌舞的海洋。

木兰花

张　先

龙头舴艋吴儿竞，笋柱秋千游女并。芳洲拾翠暮忘归，秀野踏青来不定。

行云去后遥山暝，已放笙歌池院静。中庭月色正清明，无数杨花过无影。

这首《木兰花》与上一首中欧阳修出发、回来两点一线描写春游不同，与宋祁先绘景后抒情的春游词也不同的是，张先是先写春游"游乐"的热闹，后写游人散去后傍晚的"静"景，在"动"与"静"的对比中衬托出春游的欢乐和热闹。

"龙头舴艋吴儿竞，笋柱秋千游女并。"这里写了清明时节民间两个常见的习俗和热闹的游戏：赛龙舟、荡秋千。河里小伙子正驾着像舴艋一样翘着头的龙舟在水中竞赛；岸上姑娘们成双成对地在秋千架上飞荡；赛龙舟的叫喊声混杂着姑娘们的欢笑，水里地上一片人声鼎沸，生机勃勃。

放眼远望，山野一片春光无限，春游的人们玩兴正浓；在郊野绿湖，来来往往的游人络绎不绝，有的正在采集花草，有的漫步其间流连忘返，"芳洲拾翠暮忘归，秀野踏青来不定"。

时间在欢快中流淌。

黄昏不知不觉来到，山野郊外，游人渐渐稀少，"行云去后遥山瞑",白天热闹的人群就像天上的浮云一样在此刻飘游得无影无踪,远山在落日余晖中渐渐染上一层淡淡的暮霭。"已放笙歌池院静。中庭月色正清明,无数杨花过无影。"白天庭院外的莺歌燕舞早已安静下来,月亮出来了。如水的月光洒满静静的庭院,在这月光的清辉中,虽然没有歌声和人声,但纷纷扬扬的柳絮还在飘然而下,它们消融在夜色中,使月光变得朦胧……

美景,良辰。傍晚静谧的庭院,有月光,有柳花,门前有山有水,有大自然的气息相通;白天这里门庭若市,现在静若止水。这样的庭院用现代词语形容那就是"闹中取静的生态别墅"。

4. 游戏过清明

像我们参加和观赏体育比赛一样,那个时代也有许多游戏。在宋词中也可以发现许多这样的游戏,像上面两首词中提到的斗草。

根据文字记载,斗草常玩的游戏方式有两种,一种是上面词里面提到的用嘴巴"讲"——文斗,比的是能够说出来的草的奇异程度,这种形式闺中少女常玩;另一种斗草是武斗,真斗,用采得的草茎或树叶茎勾连拉扯,草先断的一边为输,据说男孩子常玩这种方式。

在童年时代,笔者和同伴曾经常玩这种武斗的斗草游戏——男女小伙伴一起玩。

那时城郊外的小路上、山坡上到处长满了一种名叫"猫儿草"的野生植物,猫儿草有像小高粱一样长长的茎,茎上长着长长的绿叶,茎头上顶着小毛刷一样的"猫头",连根拔起几棵"猫儿草",像编柳条帽子那样扭在一起就成了草绳,用自己的草绳套住对方的草绳,像拔河一样双方各自用力回拉,眼睛一闭,身体向后倾倒,突然不知谁的绳子就断了，双方一个趔趄，小伙伴们轰地一笑，待站稳了再细看谁赢谁输，这时候所有玩伴的头都凑在一起，眼睛瞪得亮亮的，看清楚后又是一阵哄堂大笑，这是斗草最令人难忘的时候。

细想起来，那是几十年前的往事了，没想到儿时斗草，竟是1000年前也流行的游戏。难怪文物收藏家马未都说，中国人的许多习惯都是宋朝形成的，宋朝后1000多年都没改变。

除了斗草外，古人在春光明媚中游玩，还伴有许多其他游戏，比如荡秋千。荡秋千也是清明的习俗之一，据说秋千最早叫千秋，后来为了避忌讳，改成秋千。当时的秋千多用树根做成架子，再拴上彩带做成，后来做工越来越精致，样子也多有变化，简单的是踏板加绳索，复杂和讲究的则用料各有不同。最初的秋千是为了锻炼勇气，锻炼身体，后来秋千也是庭院中的点缀，是闺阁少女最喜爱的游戏，这使得秋千和少女也成了文人作品中的美妙图景和对美好爱情生活的憧憬。品读苏轼的《蝶恋花》词，很难忘记苏轼词的佳句："墙里秋千墙外道。墙外行人，墙里佳人笑。"

蝶恋花

苏　轼

花褪残红青杏小。燕子飞时，绿水人家绕。枝上柳绵吹又少，天涯何处无芳草！

墙里秋千墙外道。墙外行人，墙里佳人笑。笑渐不闻声渐悄，多情却被无情恼。

"花褪残红青杏小。燕子飞时，绿水人家绕。"暮春，行走在野外，那一番景色使人心动——花虽然谢了，但绿色的果实开始出头，树上的小杏子绿油油一闪一闪缀在枝头，燕子在树丛和庭院中飞过，绿水环绕房前屋后。

"枝上柳绵吹又少，天涯何处无芳草"，树上柳絮软绵绵地落下，似乎让人伤心逝去的春光，但放眼远望，满目芳草，满天碧绿，春天在自然中以另外的形式继续。

"墙里秋千墙外道。墙外行人，墙里佳人笑。"走在这绿草绿水环绕的人家间，忽然听到院墙里的朗朗笑声，那一定是打秋千玩乐的"佳人"与她的同伴正尽兴的时刻吧。

佳人的笑声引起了词作者的情思。那是怎样一位佳人，为何让我们相遇却不能相见，为何她看不到我这样一位有心的人正在为她情思飞扬？

"笑渐不闻声渐悄，多情却被无情恼。"渐渐地远离那院墙，墙里的笑声也渐渐消失，但我却因为这笑声而烦恼，在这美好的春色中因为没有与佳人见面而烦恼。春天，因为秋千增添了一份美景；春游，也因为秋千增添了一份烦恼。

在李清照的词中荡秋千与苏轼的词一样，秋千除了娱乐也是传情的工具，荡秋千增加了与人交往的机遇。与苏轼不一样的是，李清照写的是荡秋千的少女遇见"佳人"的娇羞与含情。

点绛唇

李清照

蹴罢秋千，起来慵整纤纤手。露浓花瘦，薄汗轻衣透。

见客入来，袜划金钗溜。和羞走。倚门回首，却把青梅嗅。

"蹴罢秋千，起来慵整纤纤手。露浓花瘦，薄汗轻衣透"，突然有客人来访，正看到在自家院内荡秋千的少女，那少女纤纤小手、苗条身材，穿着薄薄的纱裙，荡完秋千后懒懒的情志就像沾满露水含苞待放的花枝。

"见客入来，袜划金钗溜。和羞走。倚门回首，却把青梅嗅。"从词中我们并不知道客人的感受，但这个客人的突然到来引起了少女的注意，那种对异性的好奇使得少女做出一连串惊诧、恐慌的举动，按当时规矩少女是要待在闺房不能见客的，所以见客入来，荡秋千的少女在慌忙回避中，盘着的头发松了，金钗坠地，鞋也没来得及穿上，含羞地穿着袜子跑进屋；到了屋门口，好奇心又使她"倚门回首"，假装嗅青梅掩饰自己，回头偷偷地看客人几眼。

这肯定不是一个一般的客人，要不然少女不会如此慌乱、多情；看对方时还要偷偷地假装嗅青梅。

这荡秋千像元宵夜的外出狂欢，也会带来遇到意中人的机遇。

情爱几许？像春天遍地芳草，飘飞的柳絮，绵绵细雨……在所有节日的背后，在所有游戏的背后，在所有人生活的背后。

秋千在这里不再是锻炼身体的器械，而是游戏、社交、传情的工具。这与现代城市许多东西的功能一样，许多东西最初是为了人们的生存而产生的，但在城市的发展中，它们渐渐失去了或者减弱了本来的意义和作用，而成为人们游玩、社交的工具，成为远离物质而偏近文化的工具了。上千年后，现代城市秋千也是许多人家中的装饰品；庭院、绿色、佳人也是当代文学作品中常常看到的理想家居和"必备"的生活场景。

宋代郊游的游戏除了斗草、荡秋千、蹴鞠、放风筝外，最常见的还有划船，贾昌期的《木兰花令》以及许多休闲词为我们详细描述了春日划船游园的风情。关于这首《木兰花令》词,在都市休闲内容里我们再详细欣赏。

木兰花令

贾昌期

都城水绿嬉游处,仙棹往来人笑语。红随远浪泛桃花,雪散平堤飞柳絮。

东君欲共春归去,一阵狂风和骤雨。碧油红斾锦障泥,斜日画桥芳草路。

四、词中端午

读到宋词里的龙舟竞赛,详细地知道端午节系百索、摆花草等风俗时,像看元宵节的狂欢一样,很令人惊讶。以前,在中国传统节日里,笔者对端午节很陌生。

大多数笔者那个时代的中国人对春节、元宵节、清明节比对端午节要了解得多一些,因为春节要放假,元宵节可以吃到品种简单的汤圆,清明节学校会组织祭扫烈士墓,中秋节吃月饼,这些节日还有一些简单的例行的活动,但对端午节,那个时代几乎没有过节的印象。

改革开放后,笔者的记忆中才渐渐有端午节吃粽子的习惯。还知道了重阳节过去是登高,现在是老人节。

熟悉端午节的许多风俗细节,知道端午节挂手链百索源于宋代,以及把五月初五称为"端午"的叫法并立为专门的节日源于宋代等知识,是从宋词以及查找相关的知识中获得的。

1. 赛龙舟

减字木兰花·竞渡

黄　裳

红旗高举，飞出深深杨柳渚。鼓击春雷，直破烟波远远回。

欢声震地，惊退万人争战气。金碧楼西，衔得锦标第一归。

如同词的名字"竞渡"，这首词让我们读到了端午节龙舟竞赛的盛况和满载胜利而归的欢腾。

"红旗高举，飞出深深杨柳渚。"龙舟停泊在绿柳成荫的小沙洲那边，远远望去，龙舟上的红旗飘扬在柳树丛中，格外醒目。此时，龙舟比赛准备开始的前一刻，船上红旗飘，岸边柳枝摇，水中波浪平，人欲动而静，周围气氛被比赛前的宁静所环绕。参加比赛的龙舟队伍正在暗自准备着，等待着比赛开始的号令和鼓声。

突然，"鼓击春雷"——听到像春雷一般响亮的鼓声，比赛开始，高举红旗的龙舟像箭一样从沙洲后飞出来。随着这越擂越响、越擂越紧的鼓声，龙舟手们划桨的速度越来越快，条条龙舟勇往直前，划破静静的水面，船头上激起的浪花形成一片烟雾。

刹那间，龙舟"直破烟波远远回"，已到达远处的终点，打个回头，又向来时的方向漂过来。

这首词只用了"鼓击春雷，直破烟波远远回"寥寥几个字，却带给了我们对龙舟竞赛激烈、欢快的想象。

这种激烈、欢快的场面和情绪并没有随着龙舟"直破烟波远远回"

而结束,龙舟竞争的激烈气势使观众意犹未尽。

旁边观众的兴奋此时正在最高点,他们要表达自己的观后感,胜利者将受到人们的追捧。"欢声震地,惊退万人争战气。"此时,回到终点后的龙舟缓缓停下来了,观众的欢呼声突然响起,震得大地都在抖动,观众为这激烈、壮观的龙舟竞赛深深吸引,也向那些压倒群雄勇争第一的龙舟手致敬。

"金碧楼西,衔得锦标第一归",获得第一的龙舟队员走向装扮得金碧辉煌的领奖台,在万众瞩目中光荣领回锦标,把锦标放到昂头张口的龙嘴里——龙所衔得的胜利、被龙庇护得到的荣耀,将载着他们返回家乡。

这龙舟竞渡的场面和情景叫人如此难忘,选手在比赛中充满激情,观众在观看中也充满激情。

这整个比赛全程公开,被观众看到、受观众监视,观众和选手一样在公开的条件中享受同一过程,比赛结果被公众肯定和接受,这也许是许多体育比赛过去和现在吸引人的一大魅力。

在宋代,精彩的龙舟赛其实并不都在端午节,龙舟赛是城市的一项常规水上观赏活动,也是那个时候城市重要的休闲活动,因为其娱乐性和竞赛性一样强,每当有龙舟水上赛事,"市民不论贫富,倾城而出"观看。

萧湘神·望湖天

黄公绍

望湖天,望湖天,绿杨深入鼓鼟鼟。好是年年三二月,湖边日日看划船。

斗轻桡,斗轻桡,雪中花卷棹看摇。天与玻璃三万顷,尽教看得几吴舲。

　　棹如飞，棹如飞，水中万鼓起潜螭。最是玉莲堂上好，跃来夺锦看吴儿。

从诗人黄公绍的这首词中可看出，春天的西湖天天有划船比赛，"好是年年三二月，湖边日日看划船"。比赛时六条龙舟分为两队，从两个不同的方向出发，目标是立于湖中的一根标杆，杆上挂着锦旗等奖状和奖品，先靠近标杆的龙舟摘得奖状和奖品为优胜者。比赛中条条龙舟如离弦弓箭直奔标杆而去，成千上万的观众给湖内争标的龙舟鼓劲呐喊，声如春雷滚滚。

龙舟竞赛转化成了天天举行的"争标"划船比赛，变成了市民观赏、健身的活动，特别是"争标"，起源于武备性质，在宋代官方推动下，以及市民热情参与中，习武性质渐渐退化，演变成官方推行和提倡的大众体育活动。

看到古代的龙舟比赛，让人联想到现在的实景演出。

实景演出是近年来国内外正在流行的文化休闲创意产业。桂林在阳朔推出的大型实景水景演出"印象刘三姐"，由当地村民和艺校学生组成上千人的演出阵容。演员在水面上通过打鱼、撒网、婚嫁、休憩等细节表现水乡渔民生活，《刘三姐》的主题音乐反复咏唱，水面上几十条横贯舞台的渔网等巨大的彩练在渔民手中收放自如，渔网全部夸张成红色，渔民装扮是银色，整个水面舞台红色流光溢彩，银白色斗笠像星星、像萤火虫跳跃在大红的幕布上。观看这样的实景演出，观众兴奋的掌声不时响起，因为演出带给观众的是对天、地、水、人、音乐、艺术、生态、文化更深的思考。透过那些渔民的生活细节，观众联想到的是人类生活的细节，人类生存繁衍的细节，人类追求文明智慧所经历的艰难辛苦。

　　河南少林寺的少林禅宗大典实景演出也给人留下深刻印象。首先是那一片弧形的大山舞台之大令人惊讶：在原本是荒山野岭的地方，寻找到被一片弧型群山合围的大山，大山上高低远近各处布置灯光形成舞台，舞台对面搭建观众席；整片弧形高山自上而下全部是舞台，最高处的山峰作为远景，在需要时用灯光勾画出轮廓，山上有寺庙、高楼和作为舞台的平台，山中的小桥流水以及山脚下的小路、石坡等皆是舞台，群众演员以及动物演员时而出现在山脚，时而出现在山中，时而出现在山上，在山峰顶上还有像奥运会点火那样的飞人表演。

　　表演也令人陶醉。在潺潺流水声中，在大山旷野的环抱中，在青山、绿水、小桥、寺庙的意境中，在配有"空山新雨后，天气晚来秋，明月松间照，清泉石上流"等描写四季风光的唐诗古乐中，少林人打坐、练功等武林生活细节和村姑浣纱、牧童晚归等生活场景，亦真亦幻地出现在崇山峻岭中。

　　观看实景演出，观众为文化艺术和自然的完美结合所倾倒。大山的环抱、自然的和风月夜中出现的那些动辄几十人、几百人、上千人的大型生活场景，既是表演，也是千百年来人们生活的历史和现实，对观众而言，具有全新的视觉冲击和对大自然的另一种美好感受。

　　查看一些资料可知道，宋代的龙舟比赛就是那个时候的实景水景演出，是官府主办的、不要门票的实景水景演出。

　　与现在的实景演出相比，龙舟比赛还要多一些内容，因为官员出席（有时也包括皇室家族到场）和主持，有一些复杂的程序，其中包括龙舟游行表演、龙舟竞赛准备、龙舟比赛、颁奖等环节。

　　在龙舟竞赛前，一般有龙舟游行表演。宽阔的湖面上，出现威武气派的 6 艘大龙舟，每个摇桨手身着红绿盛装、披挂整齐，摇着庞大的龙船在水中慢慢游弋。龙舟上有旗伞、花篮等装饰，旗伞、花篮中间有装扮成各种神灵、武士、玩偶形象的演员，他们或吹鼓奏乐，或是闹杆，滑稽而热闹。

龙舟游行表演过后，接下来是龙舟竞赛准备环节。在临安的龙舟竞赛，是由临安知府大人（相当于今天的首都市长）亲自主持。龙舟赛前，湖中立一根竹竿，竿上持锦旗、银碗以及官楮（奖金），这些是预备给当场龙舟竞赛的优胜者。立好竹竿和奖品后，有一个披黄衫、戴青头巾、插孔雀尾、戴大花的使者（相当于现代的裁判），乘小舟到湖堂从知府大人那里取得命令，立即奔回小舟，再摇小舟到湖中，首次挥动小彩旗宣布竞赛马上开始。

比赛的龙舟看到彩旗挥动便开始鸣锣击鼓，桨叶击水，此时的气氛犹如出征前的摩拳擦掌、军心摇动、箭在弦上一般。

当小舟的裁判再次挥动小彩旗后，龙舟竞赛正式开始。龙舟上锣鼓大作，比赛的龙舟分成两路，远远排列成行，看到彩旗挥动后如箭离弦，在水中进发，龙船两侧的桨叶，搏击湖水，溅起一连串水花，船上的彩色旗帜，前挥后舞，呼声雷动，舟上的人齐心协力拼搏向前。

此刻，周围的环境也不比龙舟上轻松，停泊在周边游艇、花船上的看客，还有围挤在岸边的游人观众，看着龙船拼搏，有的挥拳，有的击掌，有的欢喧大叫，有的摇头咒骂，观众的情绪与龙舟竞赛的赛手一样激动、亢奋。

比赛结束，得胜方得到预先立在湖中的奖品和奖金；但有趣的是，非胜方的龙舟手也可以从组织者那里领到奖金（酒钱），以慰拼搏的劳苦。

2. 系百索

以前，一位同事出差回来送给笔者一条用绿丝线编织的手链，给笔者留下了深刻印象。那编手链的丝线不是翠绿的颜色，是那种绿得乌亮的墨绿色，丝线的质地很厚实，与墨绿色的颜色相搭配，编出的绳索形成很饱满的、有结律的一串花瓣，手链接头处还装饰有两颗红色的珠子，形成吊坠，整体看下来，那墨绿色的绳索编的手链很雅，很有中国特色。

如今，读宋词，学习宋代城市节日风俗，才知道那种绳索编的手链其源头在宋代，它的名称叫"百索"。

百索就是用彩丝线结成的"百索绁"。但是，百索并不是宋代发明的，是自汉代传下来的。农历五月份夏至将至，阴气萌生，从汉代起每到农历五月五日，人们就有用五色朱索装饰门户防恶气、防病瘟的习俗。这就是说百索在宋朝以前是像门神一样挂在门上，并不是戴在手上。

到了宋代，由于城市生活丰富，物质生活水平提高，人们过节除了原来的季节性、时令性意义之外，同时赋予节日赏心、快乐、祝愿的成分，所以市民把百索系在胳膊上以增加祈福、祝愿的成分。端午节是中国的一个很重要的祈求健康吉祥的传统节日，这一节日的风俗习惯像其他重要节日一样多。五月初五端午节后，夏日酷暑即将来临，盛夏人易着湿热侵扰生病，要有一些举动提醒人们季节变换，并用一些吉祥物或植物驱邪避病、保佑平安。所以，系百索是端午节多种活动中的重要内容之一。

在那时，市民都在端午之前被称为"端一"的五月初一那天买来百索或买丝线编织百索，准备在"端午"那天即五月初五馈赠至亲好友。用各种丝线配成的彩色线缕，扣在手腕、脖颈、脚腕等处，其意为系住他的心或生命，不让第三者或病魔夺走。所以百索，也是情人间传情的最佳礼物，一般是女方送给男方的信物，而且是女方用心亲手做的。

点绛唇·百索

蔡戡

纤手工夫，彩丝五色交相映。同心端正，上有双鸳并。

皓腕轻缠，结就相思病。凭谁信，玉肌宽尽，却系心儿紧。

这首词名字叫"百索"，可见是专写端午节扣五色丝线这一风俗的。"纤手工夫，彩丝五色交相映。同心端正，上有双鸳并"，五彩丝线缠绕的百索，被纤纤素手编织得如此美妙，色彩斑斓，五种颜色交相辉映。百索下还系着同心结，端端正正地挂在心口，结子上绣上了一对鸳鸯。

"同心端正，上有双鸳并"中的"同心"，指同心结，是少男少女常用的信物，用丝线打结做成的同心结，常常表示相爱的人两颗心也紧紧相缠相交、永不分离；绣上鸳鸯，表示相爱和美满。一般的百索并不挂同心结，但这里写到百索下的同心结、鸳鸯，强调说明挂百索的人对爱情的期盼和憧憬。

这首词写的是当时系百索的风俗，同时也让我们读到了一个沉浸在爱情中的少女，她把自己对爱人的思念、对美好生活的向往都编织在百索中，绣在同心结上。

"皓腕轻缠，结就相思病。凭谁信，玉肌宽尽，却系心儿紧。"女主角白净细丽的手腕上戴着百索，但是相思之苦，使人瘦了一大圈，手腕上的百索显得又轻又松；百索虽然在手腕上变宽，但百索在心底下却越结越紧。"皓腕轻缠""却系心儿紧"两句相对，这些详细的细节带读者进入更多想象的空间。

相比上面这首《百索》写少女对恋人的思念，下面这首词也是写百索，却是写多年后的恋人对少女情人的怀念，让我们看到了端午节作为一个节日，其实也是一个机遇，使有情人相遇相约。

澡兰香·淮安重午

吴文英

盘丝系腕，巧篆垂簪，玉隐绀纱睡觉。银瓶露井，彩箑云窗，往事少年依约。为当时曾写榴裙，伤心红绡褪萼。黍梦光阴渐老，汀洲烟箬。

莫唱江南古调，怨抑难招，楚江沉魄。熏风燕乳，暗雨梅黄，午镜澡兰帘幕。念秦楼也拟人归，应剪菖蒲自酌。但怅望、一缕新蟾，随人天角。

淮安重午，点明时间、地点。淮安，今江苏淮安县。重午，端午节。

端午时节，一位美少女正在紫红色纱帐里睡觉，她的玉色纤体隐在朦胧纱帐中，看得见手腕上系着百索，金簪上缀着灵符，符上还有表达她心愿的"鬼面符"。《淮安重午》开始告诉我们的就是这样一幅端午时节少女休闲图——"盘丝系腕，巧篆垂簪，玉隐绀纱睡觉。"

原来，这是词作者在回忆一段与端午有关的青春往事。

"银瓶露井，彩箑云窗，往事少年依约"中，银瓶，指酒具，一般以银瓶露井指一去无消息，这里是双关用语，既指当时二人饮酒，也暗指以后两人分离；翣（shà），指扇子。"银瓶露井，彩翣云窗，往事少年依约"这几句是继续回忆当年约会时的情景，那天午睡后，在露井旁摆下银制酒具，两人对饮，喝得发热时，她依在窗户旁轻摇团扇，这些情景如今还依稀记得。而且，"为当时曾写榴裙，伤心红绡褪萼"。记得当时还在她的裙子上写下了许多悄悄话，为离别她伤心流泪，泪水染湿了红手绢，伤心得像雨后的落花残萼。

现如今一别多年，她是否安好，是否健在，音信全无。"黍梦光阴渐老，汀洲烟箬"，黍梦，根据"黄粱梦"典故改用，端午节有吃粽子的习俗，粽子又称"角黍"，所以，此处写在端午时节的回忆，称"黍梦"。箬（ruò），柔弱蒲草香蒲的一种，较韧而弱，可编成席子。多年后的端午节，词作者故地重游，想起少年时的这段情缘，感叹光阴一晃而过，就像煮一锅粽子那么短暂，而人生就像那水上的沙洲，洲上的香蒲，飘浮不定，生生死死。

下阕，在时空交错中，词作者继续自己的思念和想象。相思何其悲伤，不想再听纪念屈原的哀魂曲；想到对方也在苦苦思念自己，在挂着端午时令镜子，兰汤沐浴的帘幕后，对着一弯新月，惆怅张望……

词读完，我们仍然沉浸在词作者的故事里。多年前的一段恋情让词作者刻骨铭心，因为长久的分离，在端午节里回忆起以前过节的点点滴滴，都充满了对故人的思念和因长久分离毫无音信的悲伤。

这让我们看到，端午节如同元宵、清明一样，既有万人狂欢的倾城而动，也有人与人之间的款款深情。这些节日都为人们提供了交流的空间、时间，提供了表达人与人之间感情的活动以及极具象征意义的丰富多彩的饰物和物品。

看来，每个节日，都离不开"人情"，百索编得如何漂亮，女孩扣了百索如何漂亮，颜色如何搭配得体，这些如果缺少人与人的心情的交流，人与人之间的感情交流，都是单调的"静物"。

只有人情与风情的融合，通过风俗习惯达到人与人之间更多的交流、沟通，那种节日才会过得意义深远，那种日子才会叫人铭记和盼望。

节日，是人们身体的休息日，也是人们心灵的润滑剂；好的节日，让人身体能量得到补充，也让人的心灵不至于变成只有金钱和名利的沙漠。

3. 吃粽子、摆花、遛马、逛集市

端午节除了赛龙舟、系百索外，还有很多风俗习惯，比如包粽子，戴灵符、幡胜——用光洁的彩纸或丝绢剪成各种吉祥物或图案，挂在头上或身上，避邪驱病，保佑平安；还有兰汤沐浴、饮菖蒲酒或雄黄酒、摆放花草、遛马（相当于现代的遛狗）等习俗。从《永遇乐·五日》这首词中，我们会对这些风俗习惯有更多的感受和体会。

永遇乐·五日

周紫芝

槐幄如云，燕泥犹湿，雨余清暑。细草摇风，小荷擎雨，时节还端午。碧罗窗底，依稀记得，闲系翠丝烟缕。到如今、前欢如梦，还对彩缕无语。

榴花半吐，金刀犹在，往事更堪重数。艾虎钗头，菖蒲酒里，旧约浑无据。轻衫如雾，玉肌似削，人在画楼深处。想灵符、无人

共带，翠眉暗聚。

"槐幄如云，燕泥犹湿，雨余清暑。细草摇风，小荷擎雨，时节还端午"中"槐幄"，形容槐树树荫茂密形同帐幕。词首这几句景物描写告诉人们端午时节的典型特征——槐荫很浓，燕子仍在筑巢，雨后还有一丝清新，绿草在风中点头，小荷才露尖尖角，叶面上盛着雨，也正在水中摇曳。总之，槐荫如云，夏日渐深，端午时节已来临。

"碧罗窗底，依稀记得，闲系翠丝烟缕。到如今、前欢如梦，还对彩缕无语。"在这和风细雨的日子里，又是端午节，我回想起与你一起的那个节日。还记得我们一起在绿纱窗的房里悠闲地佩戴绿丝缕的情形，到如今，那些编织的花边带子等饰品物件还在，可是爱人已离开，以前的欢乐恍如梦境，只有我独自面对着这些默默无语。

"榴花半吐，金刀犹在，往事更堪重数。"时光匆匆，又是石榴含苞待放的时节，爱人赠我的金刀币还在呢，今年端午艾叶做的虎形幡胜、彩纸剪的"胜"字灵符又准备好了，避瘟的菖蒲酒也做好了，但是它们并没有保佑心爱的人儿回来，爱人还未见出现。

约定好的盟誓也不作数了，真是"艾虎钗头，菖蒲酒里，旧约浑无据"，灵符不灵，连共戴的人也没有，这思念和愁绪使我"轻衫如雾，玉肌似削，人在画楼深处"，"想灵符、无人共带，翠眉暗聚"。

查史料可知，这首词中提到的"艾虎钗头，菖蒲酒"等均是古代端午节的风俗。

"艾虎"讲的是挂艾草等习俗——艾草又名艾蒿，其茎、叶都含有挥发性的芳香油，产生的香味能净化空气。古代端午节人们常将艾草混合菖蒲、石榴枝做成"人"形，挂在门边，驱蚊虫。有将艾草编成草帽戴在自己头上，让艾香随着自己走的；也有将艾草和菖蒲烧成"香汤"供沐浴的，称"沐香汤"，以防治皮肤病；还有将艾叶剪成老虎形状，就是词中的"艾虎"，戴在身上，以驱邪避秽的。

喝雄黄酒也是古代的习俗。雄黄酒由雄黄、甘草、红花、大蒜在酒中浸泡而成，民间有"喝了雄黄酒，百病都远走"的谚语。雄黄是一种矿物，俗称鸡冠石，具有解毒、燥湿、祛痰的功能。每逢端午，人们把房子打扫干净，洒上雄黄水，以杀死害虫；后来，形成用雄黄涂耳鼻的习俗，由雄黄涂耳鼻的习俗又发展为喝雄黄酒。

古代江浙一带还有端午节吃"五黄"和"十二红"的习俗。"五黄"是指枇杷、石首（黄色）、黄瓜、黄梅和雄黄酒；"十二红"，是指用酱油红烧或天然红色的食物十二种，如红烧肉、煮黄鱼、油爆虾、咸鸭蛋、水萝卜、炒苋菜、腌黄瓜等凑足的十二样。

当然，吃粽子是我们现在最熟悉的端午风俗。

粽子是从春秋战国时传下来的，古人从季节变换中感觉到农历五月夏至时期，寒气渐消，热气将临，人们吃冷黏粽子，有利于强健身体。粽子在那时称为"角黍"，在汉代人们只是用菰叶裹着黏米，用栗枣灰汁煮熟了吃，其含义为"取阴阳尚包裹之象"。

到了宋代，这种"角黍"已成为端午的必备食品，其花样令今天的人们都自叹不如。就宋代粽子的形状来看，有三角形的、锥形的、菱形的、纺锤形的；有用竹筒煮出来的筒粽，还有把粽子搭成楼阁亭台和车船形状的。就品种来看，有九子粽、松栗粽、胡桃粽、姜桂粽、麝香粽等等。

宋代过端午节还有摆放花草、遛马等习俗。

街市中，从五月初一就开始买卖桃、柳、葵叶、蒲叶、艾叶，家家户户将它们陈设于门首，驱瘟避邪。南宋临安的习俗是平时家里无花不被人耻笑，但是端午不能不供养花，有钱的人家用花瓶、金瓶插花，没有花瓶的人家也要找个坛子插花。端午的临安，家家都是葵榴斗艳，处处皆闻艾栀香。花草的香气可以驱瘟，避瘟疫，花草的美艳给城市增添了节日欢乐的气氛。

当时，端午节"遛马"的风俗，像现在的遛狗一样。临安习俗认为端午这天为马的"本命日"，凡是好看的骏马，鬃毛尾巴全用五彩线装束修饰，并配上华丽的宝辔，所以街上出来遛的各种高头大马华美异常，形成一道亮丽的街景。

除了买丝线编百索，过端午人们还要买一些鼓、扇等过节用的礼品。鼓都是小鼓，有的挂在架上，有的放置座上；扇也都是小扇，有青、黄、红、白等多种颜色，扇面有的是绣面，有的是画面或者缕金，质地和式样不一。

在《北宋都城东京》一书的介绍中，可以知道为适应市民的消费需求，宋代城市商业发展中，还形成了端午节日用品季节性集市，专门卖端午节馈送亲朋好友的鼓、扇、百索、花草等物品。

在都城东京的多处繁华景点，如著名大酒店樊楼大门前面、相国寺东廊、连通里外城的交通要道朱雀门以及丽景门等处，都在五月初一开鼓扇百索市，其产品大多来自城市手工业者以及附近农民之手，也有从外地转运来的，所售产品因其精美或造型别致，吸引了很多市民前来，各处市场车水马龙、人头攒动。

像端午节这样的季节性集市并不只有端午，还有七夕，现在民间称"中国情人节"，端午的集市称鼓扇百索市，从初一开始，初五端午结束；七夕的集市称乞巧市，也是从初一日开始，初五夜结束。

在我们的父辈没有带我们过端午节的环境里，我们从宋词里和其他文字记载里形象地知道了我们祖先过端午节的许多习俗。

这些习俗产生在都市里，很幸运地通过文字保存至今。城市的街市比起乡村，有更大的、更好的公共活动场所，这里汇集各种物资、工艺，汇集各种信息，汇集形形色色的人，为节日丰富多彩的生活提供了强大的硬件支持，为人们的相互交流提供了更多的人际交往空间。

同时，城市也创造了比乡村多得多的保存文字、创造文字作品的场所，它使得人们在城市创造的精神活动比乡村更多、更丰富，并能够用文字等多种形式予以留存。

从宋词中读到的是我国古代城市作为文化容器其中的内容，但那些不仅仅是过去的陈年往事。端午作为一种民俗经过长期的演变，除了平民化、生活化的一面，它开展的活动包容性很强，像龙舟比赛、包粽子、祭奠先人等活动，其内涵有爱国爱民的忧患意识、团结协作的共进精神，挂艾草等习俗含有讲究科学卫生的生活习惯之意，这些也是今天我们中国人的文化和传统中的一部分。

2008年，清明、端午、中秋被定为中华人民共和国国家法定节日。端午，虽然一时半会儿还不会像古时那样隆重，但已经引起了我们的重视。

五、那些与今天相似的中国味

从宋词中可以读到当时人们对欢乐节日、欢聚时光的记忆和思念，读到他们对当时城市生活的记忆和思念，也读到了许多与今天不同或者相似的中国味。

宋词中有许多我们陌生的风俗习惯、人情往来，比如读了宋词，感觉那个时候端午节比我们如今春节的风俗习惯还要多。过端午的集体大活动是赛龙舟，除了这个万人欢腾的公共节目，私下里人们还要准备丝缕百索，女方常在百索下挂同心结以示思念；包粽子、扎艾蒿；情人间要互赠象征感情的礼物，男方赠女方各种形状的钱币等物件，女方常常把这些系挂在身上；人们要戴用艾叶或彩纸剪出的幡儿、胜儿（类似今天的节日装饰品）；还要"兰汤沐浴"、"艾虎钗头"、菖蒲泡酒、扎彩扇，等等。

但是，在宋词中我们也可以读到许多场景——比如过春节、家人生日、盖新房、结婚等，有如我们今天的风俗习惯和人情往来。

1. 春节"忙年"

从下面几首与春节有关的宋词中可以读到春节时与我们今天一样的"忙年""吃团圆饭""拜年"等景象。

探春令·早春
赵长卿

笙歌间错华筵启，喜新春新岁。菜传纤手青丝细，和气入、东风里。

幡儿胜儿都姑媂，戴得更忔戏。愿新春已后，吉吉利利，百事如意。

鹊桥仙
郭应祥

丙寅除夕立春，骨肉团聚，是夕大雪。

立春除夕，并为一日，此事今年创见。席间三世共团栾。随分有、笙歌满院。

一名喜雪，二名饯岁，三则是名春宴。从教一岁大家添，但只要、明年强健。

赵长卿的《探春令·早春》和郭应祥的《鹊桥仙》直接记叙过春节的情景："笙歌间错华筵启，喜新春新岁"，"席间三世共团栾。随分有、笙歌满院"。团栾，团圆之意；随分，照例。这些描写叙述告诉读者：过年前后，常常听到有的人家吹奏笙簧，有的人家歌声婉转，在此起彼落的音乐声中，人们都照老规矩合家团圆，摆好精心准备的筵席，庆祝新年与新春到来。在一派欢乐气象里，"和气入、东风里"，家庭主妇正忙着呢，她们"菜传纤手青丝细"，为家里人递上切成青丝的春韭、芹菜，让他们吃了以求驱除邪秽，保佑来年平安；家里还要张罗用金银箔或彩纸剪成各种吉利形状的幡儿、胜儿，贴在屋里或者戴在小姑娘头上、身上，花花绿绿，才有节日喜庆的气氛，"幡儿胜儿都姑嫡，戴得更忔戏"；在团圆年饭上，"一名喜雪，二名饯岁，三则是名春宴"，大家举杯致辞，庆祝瑞雪兆丰年，送别旧岁、喜迎新春；在全家团圆、祥和、喜庆的氛围里，大家互祝新年"吉吉利利，百事如意"。

年过完，又是新的一年来临，大家又添了一岁，"从教一岁大家添，但只要、明年强健"，在新的一年里，不求升官发财，只愿全家身体健康，人人平安！

这种浓厚的年味，上千年后的我们仍然感到很亲切，因为这些祝福的话语与我们今天几乎一模一样。

2. 初一"逛街"

吴文英的词《浣溪沙·观吴人岁旦游承天》直接记叙了宋人过初一的情景。

浣溪沙·观吴人岁旦游承天

吴文英

千盖笼花斗胜春，东风无力扫香尘。尽沿高阁步红云。

闲里暗牵经岁恨，街头多认旧年人。晚钟催散又黄昏。

到了大年初一这一天，大家涌上街头、亭台楼阁等地方休闲游玩，"千盖笼花斗胜春"，出行的那些华丽的车上张着帷盖，盖下笼着美人，美人头戴避邪的幡胜,一队队、一串串美人香车与春天争相比美;大街上,"东风无力扫香尘",那么多身着罗绮、满袖飘香的游人来来往往,他们身上的香味以及供菩萨烧香的味道使空气中飘荡着浓浓的香尘,连风都吹不散。抬头望,"尽沿高阁步红云",高高的楼阁上,有一群穿红戴绿的美女站在上面,她们摇曳的身姿,远远看上去,像是天边漫游的红云。

年是新的,人却是旧的,"闲里暗牵经岁恨,街头多认旧年人"。虽然是新的一年了,大家都在闲游,看上去一派轻松,但去年的麻烦、去年的遗憾、去年的琐琐碎碎仍然会拉拉扯扯带到新的一年,人与人的关系及一些矛盾并不会因为新年的到来或者祈福发生根本性的变化。当然,这些都是埋在心底的话,人们宁愿要过几天满面喜气的日子,无论好友或故交,大家见面都互道一声"恭喜"。

时光匆匆,傍晚的钟声响起,黄昏来临了,"晚钟催散又黄昏"。街上的游人渐渐散去,这个新年元旦就这样过去了。

在朝阳黄昏中,春来秋往,一年也会很快过去。

这就是岁月。

年年岁岁花相似,岁岁年年人不同。

这就是人生。

这些新年感受,与我们今天的内心感受何其相似,无论农业社会还是工业社会,过新年总会使我们温故。处在竞争激烈的现代,工作中的关系更会在新年人际交往中占有重要地位。

今天的那些中国习俗、那些中国味,原来,与过去一脉相承。

3. 兄弟情谊深厚

在下面《临江仙·和正卿弟生日词》这首词中,那种兄弟之间血浓于水的爱溢于言表,我们今天读后仍然深受感动。作者用了多处典故"埙箎相应""紫荆同本但殊枝""龙虎榜""凤凰池"等,从中我们看到了作者对弟弟的殷殷情深——曾经一起长大,一起笑过、哭过的那种兄弟情爱是永远也不会忘记的,岁月的磨难使人更成熟,长久的分别使人更珍惜那份纯真的情谊。

临江仙·和正卿弟生日词

程大昌

遥认埙箎相应,为传珠贯累累。紫荆同本但殊枝。直须投老日,常似有亲时。

子姓亦闻多慧性,贪书不是痴儿。朝家世世重诗书。一登龙虎榜,许并凤凰池。

"遥认埙箎相应"中的"埙箎",是两种古代乐器,古语有"伯氏吹埙,仲氏吹箎",埙箎在此处比喻词作者两兄弟;"紫荆同本但殊枝"中的"紫荆",指紫荆树。传说古代有兄弟三人分家,所有财物均分,并商议将院子里一棵紫荆树也一分为三,但是在砍树的前一天,紫荆树像被火烧了一样迅速枯萎,三兄弟看到这样的情景很惊讶、悲伤,商议决定不分树,过了几天,枯萎的紫荆树死而复生,并恢复至枝繁叶茂。三兄弟也因树的枯荣而感动,决定不分树,也不分家产,齐心协力一起过日子。

词中运用典故"埙箎相应""紫荆同体但殊枝"等指代词作者与弟

弟兄弟情深，虽然因为事业与弟弟分隔遥远，但那份手足情不是距离和时间能消解的。如果我告老还乡，我们团聚一堂，自然还会像以前那样亲密友爱。

"子姓亦闻多慧性"中"子姓"，指众多子孙；"朝家世世重诗书"中"朝家"，指国家；"一登龙虎榜，许并凤凰池"中"龙虎榜"，指会试中选；凤凰池，原指皇宫禁苑中的池沼，此处借指在皇帝身边做事。词的上片诉说分隔两地兄弟思念，亲情难以割舍，词的下片"子姓亦闻多慧性，贪书不是痴儿。朝家世世重诗书。一登龙虎榜，许并凤凰池"这几句是夸奖弟弟的子女爱读书，有出息。如今国家世代重视文教事业，重用读书贤才，而弟弟的众多子孙聪明好学，将来一定会登上金榜，官至宰相。

人生除了血缘兄弟，还有另外一种值得珍惜的兄弟情谊，《浣溪沙·简王景源、元渤伯仲》向我们展示的就是这样一种兄弟般的友情。

浣溪沙·简王景源、元渤伯仲

向子諲

南国风烟深更深，清江相接是庐陵。甘棠两地绿成阴。
九日黄花兄弟会，中秋明月故人心。悲欢离合古犹今。

"简王景源、元渤伯仲"中"简"是给……寄信之意；伯仲，指老大老二兄弟俩，词作者与写信的人并不是血缘关系的兄弟，故这首词中伯仲泛指兄弟。

得知情同手足的朋友，在异地重阳登山聚会，这令作者无限感慨，写下这首词以表心意。"南国风烟深更深，清江相接是庐陵"中的"清江"，位于江西；庐陵，也在江西。词的开头这两句是指明朋友所在的位置——朋友们所在的江南，想必烟雨朦胧，与北方的景色大不相同。"甘棠两地绿成阴"中的"甘棠"即棠梨树，古人常用棠梨比喻兄弟情谊。上片这几句写作者对朋友的思念，遥想远方身在江南的朋友，看到眼前的棠梨满树浓荫，也联想到朋友所在地方的棠梨也会是"绿成阴"，树且同荫，何况人之同心？

下片进一步说明作者与对方的兄弟情谊。"九日黄花兄弟会，中秋明月故人心。悲欢离合古犹今"中"九日黄花兄弟会"，指农历九月九日重阳节，兄弟朋友登高赏菊的风俗；菊花，多为黄色，故称之为黄花。重阳节在中秋节后不久，中秋至重阳这一段时间，是一年中秋高气爽的季节，菊花飘香，也是农作物、百果成熟的季节，江南一派繁荣。在这样美好的季节，大家相约出游，登高望远，纵情欢乐，像兄弟一样亲密无间，独缺了我一人。

但这也算不上什么，同望中秋明月，想想悲欢离合是古今常事，我们距离虽远，但像两地甘棠同成荫那样，在赏花的时候我们有相同的思念，我们的情谊比浓浓的江南烟雨更深，我们相互的思念像江水一样绵长。

"南国风烟深更深""甘棠两地绿成阴""九日黄花兄弟会""中秋明月故人心"这几句既写对朋友的思念，也同是比喻作者与朋友兄弟情深。

4. 贺生日的话质朴

读古人父辈对子女的生日祝词、丈夫对妻子的生日贺词有强烈的感觉，原来，我们今天的这些情景和那时是如此相像，从那个时候起，我们中国人就是这样的人际往来，人情世故。

柳梢青·季女生日

朱敦儒

秋光正洁，仙家瑞草，黄花初发。物外高情，天然雅致，清标偏别。

仙翁笑酌金杯，庆儿女、团圆喜悦。嫁与萧郎，凤凰台上，长生风月。

季女：古代兄弟姐妹排行，有时用伯、仲、叔、季分长幼次序，季女，即最小的女儿，这是一首父亲为小女儿生日写的贺词。

"秋光正洁，仙家瑞草，黄花初发。"秋光，点明时间是秋天；仙家，原意是仙人所住的地方，此处借喻自家处于风水宝地。在秋光明媚的时节，小女儿像盛开的菊花一样出落得美丽，我家这片仙地，也孕育了她的天生丽质。

随着年龄的成熟，她已是一个"物外高情，天然雅致"、风采飘逸的亭亭少女。"仙翁笑酌金杯，庆儿女、团圆喜悦。嫁与萧郎，凤凰台上，长生风月。"我端着盛满喜酒的金杯，喜笑颜开，小女长成美女这是高兴的事，儿女团圆、家庭欢聚这也是高兴事。在这样美好的时候，我祝愿小女儿像传说中的弄玉嫁给教自己吹箫的老师那样，找到情投意合的如意"萧郎"，夫妻琴瑟和谐、美满幸福。

从父亲这首充满人情味的词中，父亲对女儿的爱抚和喜欢溢于言表；我们看到了含蓄的中国人，也有欢快的情感流露的时候。

父亲夸自己住的地方是"仙家"，不仅是仙家，还自贺自家是"仙家瑞草"，不仅是仙家瑞草，而且还有小女儿"黄花初发""庆儿女、团圆喜悦"，一家人其乐融融，全被父亲写在女儿的庆生宴上；父亲祝福女儿的话也很有见地和品位，希望女儿找的不是高官厚禄、外在美满的夫家,而是要女儿"嫁与萧郎",要像传说中美满夫妻萧史和弄玉一样相敬如宾,即要女儿找有共同语言的丈夫,有共同语言,有情有义,才可能"凤凰台上,长生风月",这样长久恩爱的可能性更大,家庭生活质量更高。

下面是一首丈夫为老伴生日写的贺词,丈夫是在外地为官的"公务员",因为妻子生日特意赶回来。

渔家傲·十月二日老妻生辰

杨无咎

昨日小春才得信,明宵新月初生晕。又对寿觞斟九酝。香成阵,欢声点破梅梢粉。

琪树长青资玉润,鸳鸯不老眠沙稳。此去期程知远近。君休问,山河有尽情无尽。

"昨日小春才得信,明宵新月初生晕。"小春,指农历十月,也称小阳春。一弯新月带着光圈挂在天边,十月有如初春一般温暖。在这样的秋天我得到为老伴过生日的音信,特意从外地赶回家乡。

"又对寿觞斟九酝。香成阵,欢声点破梅梢粉。"中的"九酝",古代酒名,九酝酒,人称是酒中最醇的一种。这一句写寿宴上的热闹气氛,餐桌上聚满家人以及亲朋好友,美味佳肴满屋飘香。斟满美酒对妻祝贺,大家的欢笑声不仅在屋内回响,而且冲到院外扫过树梢,"欢声点破梅梢粉",花枝也随着笑声抖动。

"琪树长青资玉润,鸳鸯不老眠沙稳。"作者的心愿是,愿夫妻感情像玉树一样万年长青,像鸳鸯一样到老不分离。

"此去期程知远近。君休问,山河有尽情无尽。"虽然公务在身,宴后即要踏上返程的路,也不知道再次回家的时间,但是,相爱的情思绵绵,我对妻子的爱是"山河有尽情无尽"。

作者对老妻生辰的祝贺,以及对老年爱妻的祝愿,简单话语中体现夫妻情深,既是当时生活中的现实,也是那时流传至今的浪漫。

这份执着而热烈的爱正如同当下一首歌词所写的那样:我能想到最浪漫的事,就是和你一起慢慢变老,直到我们老得哪儿也去不了,你还依然把我当成手心里的宝。

现代人所憧憬的最浪漫的事,在这首宋词中已经由词作者变成了现实。

5. 贺新居的话雅致

除了父母祝寿、夫妻贺寿、儿女兄弟庆生等人情交往,像时下祝贺新婚、新居、朋友聚会之类的人际交往那个时候同样很平常,宋词中也写得很生动,细节描写中透出浓浓的中国味。

读这首祝贺友人新家的词,感受不少,中国人历来如此喜爱清雅。

水调歌头·和人新堂

毛 开

小筑百年计,雅志几人成。乱山深处,烟雨面面对萦青。巾屦方安吾土,花木仍供真赏,邻有阮嵇生。岁月抛身外,尘事更无营。

鸟知归,云出岫,两忘情。从渠华屋,回首烟草吊颓倾。何似生涯才足,欹枕南窗北牖,醉梦落樵声。更喜濯缨处,门外一江清。

"小筑百年计,雅志几人成。"造一个小屋,并不是难事,但像朋友你这样以建筑来衬托表达自己的高雅志趣,把不同流俗的雅兴变成现实的小屋恐怕不是很多。

"乱山深处,烟雨面面对萦青。巾屦方安吾土,花木仍供真赏,邻有阮嵇生。"这个小屋何以有情趣?首先,它的地理位置好,风水好——坐落在群山深处,树林茂密,云雾萦绕。在室内安歇,可以欣赏花草树林,房外边还有像阮籍、嵇康那样有学识的名人为邻。

"岁月抛身外,尘事更无营。"因此,安居在这样的小屋,身心安稳,不像住在嘈杂的闹市,纵然是豪门大院,但马路上的吵闹、市场上的喧哗、官场上的明争暗斗以及阴谋诡计时刻会使你身心紧张,即使回到家关上门也不得安生。在这样僻静的大山深处,有这样的雅居芳邻,这种桃花源生活使人连岁月都可以忘掉,尘事俗务皆可抛下。

"鸟知归,云出岫,两忘情。从渠华屋,回首烟草吊颓倾。"云无意间从山间冒出,鸟飞倦便自然知道要回巢,这都是大自然的规律。同样道理,世上再富丽堂皇的华屋,都将是过眼烟云,终究也会成为废墟供人凭吊,所以豪宅并不足以成为人生的终极追求。与大自然融为一体,达到"两忘情"的境界,那是一种回归自然的活法,也是一种高境界的追求。

"何似生涯才足,欹枕南窗北牖,醉梦落樵声。"人生如过眼烟云,知足常乐是老生常谈,但又是现实的。从现实而言,这小屋的好处还多着呢,可在窗下倚枕高卧,南北穿堂风徐徐吹过,屋前一河清溪,不仅洗衣方便,梦里还可以听到渔歌樵声。

过"悠然见南山"的田园生活,"达则兼济天下,穷则独善其身",

是中国文人相对于"学而优则仕"的另一种情结，这也是作者贺朋友新家的内容：朋友的新家尽管不豪华，所在的地方尽管远，但它占有自然的地利，与名士为邻，有田园牧歌般生活的乐趣，有读书交友的便利，让人在做学问的同时享受与自然的亲近，所以，这虽然只是一个不大的新堂，但可贺。

6. 祝新婚的顺口溜喜庆

小时候，听人用电影名字串起来作诗，后来听人用菜名编顺口溜，很羡慕那些作者，真聪明。但是，早在宋代中国人就是这样聪明，他们用词的调名可以连成顺口溜。请看这首贺新婚的词：

水调歌头·贺人新娶集曲名

哀长吉

紫陌风光好，绣阁绮罗香。相将人月圆夜，早庆贺新郎。先自少年心意，为惜殢人娇态，久俟愿成双。此夕于飞乐，共学燕归梁。

索酒子，迎仙客，醉红妆。诉衷情处，些儿好语意难忘。但愿千秋岁里，结取万年欢会，恩爱应天长。行喜长春宅，兰玉满庭芳。

在这首词里，每一句都用了两个或三个配词唱的曲调名。"紫陌风光好，绣阁绮罗香"句里有《风光好》《绮罗香》；"相将人月圆夜，早庆贺新郎"句里有《人月圆》《贺新郎》；"先自少年心意，为惜殢人娇态，久俟愿成双"句里有《少年心》《殢人娇》《愿成双》；"此夕于飞乐，共学燕归梁"句里有《于飞乐》和《燕归梁》。

下片共有十个词调："索酒子，迎仙客，醉红妆"句里有《索酒》《迎仙客》《醉红妆》；"诉衷情处，些儿好语意难忘"句里有《诉衷情》《意难忘》；"但愿千秋岁里，结取万年欢会，恩爱应天长"句里有《千秋岁》《万年欢》《应天长》；"行喜长春宅，兰玉满庭芳"句里有《长春》和《满庭芳》。

词作者在这一首词中，连续使用十九个词调，表达对新婚夫妇的良好祝愿。词意优美连贯，读起来喜庆中还有一丝丝的幽默。

每每读宋词，往往惊叹当时中国生活如此讲究，各个节日各有不同的风俗习惯。那么多不同的精心准备的风俗习惯，使得那些生活不仅给当时的人们也给今人留下了深远的影响。宋词中这些与今天相似的中国习俗，这些中国味，使其成为中国文化的重要组成因素。

在宋词里，那些过节的细节都是与欢乐的人群或者思念的情人相连，在那些风俗习惯和人情往来里，人的感情通过节日中一些物化的东西传递和交流。

这些感情读后使人感到浓浓的人情味，因为这些亲情、爱情、人情，仍然是今天我们生活里所追求、所不能缺少的。

在现代化匆匆发展的过程中，车轮上的生活、快餐式消费、卡拉OK、健身房里封闭式的娱乐文化等，正在使我们越来越怀念那些与大自然息息相关的风俗习惯、日常生活。工业化在给我们带来丰富物质生活的同时正在使我们远离土地、远离田园牧歌；职业化的生活使妇女经济独立的同时也使得家庭主妇的生活显得如此单调。

面对许多现代化的"烦恼"，我们读读宋词里的那种传统生活，回味那些浓厚的中国味，或许会有些不一样的思考和收获。

六、词中休闲

1. 城市"流行歌曲"

词从产生之日起,就是城市的"流行歌曲",就与城市歌舞酒筵中的休闲娱乐紧密联系在一起。有趣的是,宋词成为后世的经典也许是个意外。词在当时只是曲子,开始的词主要是供歌妓舞女在歌楼舞榭、筵前酒边、花前月下的表演歌唱用的,并不是像现在这样作为文学作品供人阅读。

后来,随着词的传唱和流行,除了娱乐表演需要词之外,词在离别、祭祀等活动中的需要也逐渐多起来。古代祭祀项目繁多,除重大节日的祭祀外,还有无数小祭,比如远行时要祭路神,祭路神的仪式称为"祖",后人把为饯别而设的宴会称为"祖席",故词中出现了大批记叙"祖席""长亭""别宴"的"离歌"。

那些大多在酒筵花间、祖饯离亭随手写下来的休闲词进一步流行开来后,词慢慢进入杂剧、舞蹈、音乐、杂艺、讲唱、说书等艺术领域,成为民间和文人学者都乐于接受的艺术形式。许多词都是写好之后经由歌女即席演唱，通过听众的口口相传，辗转传抄，形成一大批"歌迷"，流传于世，形成当时的一首首受受众追捧的"流行歌曲"，这些"流行歌曲"传唱开来，流行千年，成就了中国文化中的经典，这也许是许多当年的词作者完全没有想到的。

今天的人们会以名号称呼某个特别流行的歌手或明星，以表明社会对其专业成就的认可，比如香港流行乐坛的"四大天王"，娱乐界的"大腕"等称号，在宋代有成就的词作者也享有这样的地位。以其词中的名句或者作者引以为豪的词句作为对其的别称，由此引发的趣事常常被写进当时的诗话、笔记中。通过词的传播以及诗话、笔记等媒介的推波助澜，这些故事与这些词、词作者一起都成为那个时代的时尚标志。

我们现在熟悉的名句"红杏枝头春意闹"，出自当时的工部尚书宋祁的词《玉楼春·春景》，因为这首词，宋祁获得别称"红杏枝头春意闹"尚书。

玉楼春·春景

宋　祁

东城渐觉风光好，縠皱波纹迎客棹。绿杨烟外晓寒轻，红杏枝头春意闹。

浮生长恨欢娱少，肯爱千金轻一笑。为君持酒劝斜阳，且向花间留晚照。

东城，此处指代北宋都城东京。春天的到来，使都城风光别有一番景象：春风吹皱一池春水，湖水像纱绸一样柔软，轻波荡漾，款款迎接游船；在清晨略带寒意的薄雾中，堤岸上一排排的柳枝飘荡，还有那些杏树，红红的杏花开在枝头，花枝摇动，仿佛将跳跃的春意刻画在枝头。

"绿杨烟外晓寒轻,红杏枝头春意闹",这两句词中一绿一红、一寒一暖、一轻一闹的描写,带起读者对春天的愉快记忆,以及对春天万物竞发、生机无限的向往。

"绿杨烟外晓寒轻,红杏枝头春意闹"这两句词一出,在当时北宋上层社会里不胫而走,即刻为他赢来一片喝彩声。在写此词的前一年,宋祁已经担任工部尚书,所以当时人们就别称他为"红杏枝头春意闹"尚书。

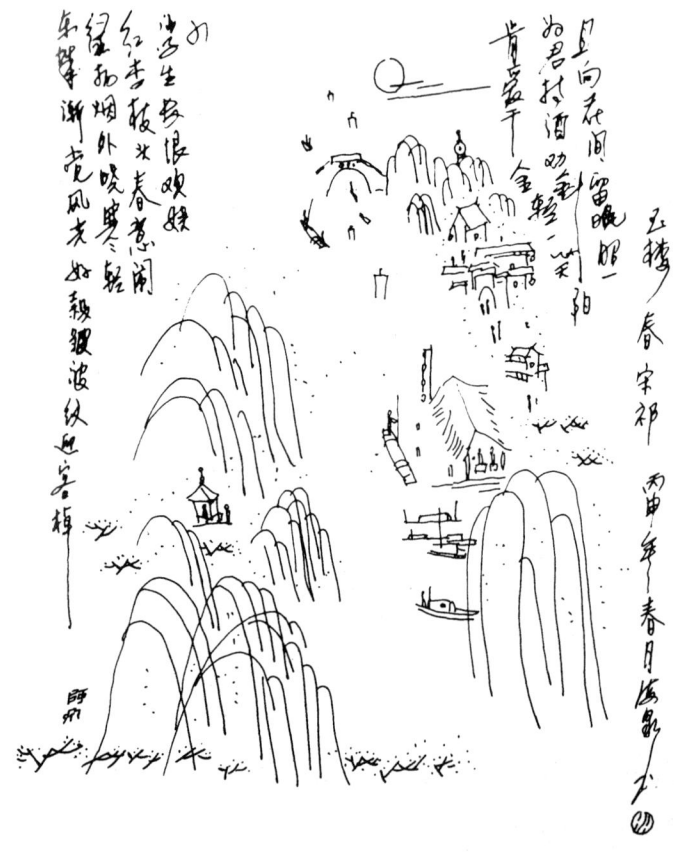

(熊海泉　绘)

宋祁不仅词写得好，也尊重、结交词写得好的朋友。当时张先（张子野）以"心中事，眼中泪，意中人"之名句被世人称为"张三中"，但张先更欣赏自己的另外三句词："云破月来花弄影""娇柔懒起，帘压卷花影""柳径无人，堕风絮无影"。听到别人称自己为"张三中"，则说这三句词是我一生中最得意的，为什么不叫我"张三影"呢？宋祁仰慕张先的文章名声，故上门拜访时称其"云破月来花弄影"郎中（郎中为尚书、侍郎以下的高级官员，分掌各司事务），在张先官名前加上了张先的名句，张先则回宋祁：你不就是"红杏枝头春意闹"尚书吗？

宋代与宋祁、张先一样"星光闪耀"的还有一大批"明星"，那些今天我们仍然熟悉的，除了有写"大江东去，浪淘尽，千古风流人物"的苏轼、"东风夜放花千树"的辛弃疾，还有很多：

当时的"浅斟低唱""流行情歌王子"柳永，如同今天的专业词作者一样写了大量流传甚广的婉约词，至今有我们熟悉的名句"衣带渐宽终不悔，为伊消得人憔悴"；

因写出"山抹微云，天连衰草"而被称为"山抹微云君"的秦观，他的爱情名句中，今天我们仍然非常熟悉的是"两情若是长久时，又岂在朝朝暮暮"；

还有写"问君能有几多愁，恰似一江春水向东流"的皇帝李煜；

写"花自飘零水自流，一种相思，两处闲愁"的才女李清照；

写"月上柳梢头，人约黄昏后"的欧阳修；

写"当时明月在，曾照彩云归"的晏几道；

……

这些词句因为其描写感情的普遍性，给读者带来无穷的想象空间，而使得这些佳句仍然留在我们今天的生活中。

有人曾用电子计算机检索系统对《全宋词》所用的 6068 个汉字每一个字的使用次数和频率进行了统计，统计结果显示，《全宋词》中使用最多的三个字，第一是"人"字，达到 13000 多次；其次是"风"字，接近 13000 次；再次是"花"字，出现 11000 多次。思念之"人"，柔情之"风"，大地之"花"柳，构成宋词婉约之美，宋词也以其婉约的闲逸多角度描绘了那个时代都市休闲生活的多姿多彩。

品读这些描写都市休闲的宋词，我们仿佛看到了中国古代都市繁华的胜景。这些诗意的描写，不仅感染了当时的社会，使这些词成为当时的流行音乐，也为我们了解宋代都市生活风貌，提供了一个有趣的途径。

2. 游 湖

采桑子

欧阳修

轻舟短棹西湖好，绿水逶迤。芳草长堤。隐隐笙歌处处随。
无风水面琉璃滑，不觉船移。微动涟漪。惊起沙禽掠岸飞。

这是一首写湖景的词，或者说是作者游湖的感受更确切。

在春光灿烂的时节，荡舟湖上，大自然的声色、幽雅、千姿百态使词作者心情舒畅，文笔所至所见所闻皆美。

先看上片几句词，"轻舟短棹西湖好，绿水逶迤。芳草长堤。隐隐笙歌处处随"中的"棹"，指划船的短桨；"绿水"，点明游湖的时节是春天——古代画家论水有四季之分，认为"春水微碧，夏水微凉，秋水微清,冬水微惨",绿水,即是春的象征。

坐着小船,荡着短桨,一叶轻舟漂在水面,湖水曲曲折折连绵逶迤,西湖春光尽收眼底,一会儿,小船靠近堤岸,长长的堤边长满青草,堤上杨柳依依,堤上的绿草与湖中绿水交相辉映,小船在青山绿水间蜿蜒前行,在这一片春光明媚中,人的心情是如此轻松、明快,真是"轻舟短棹西湖好,绿水逶迤。芳草长堤"。

"隐隐笙歌处处随"中的"笙",是古代的一种管乐器。西湖好,不仅有绿水逶迤、芳草长堤,可以轻舟短棹,还有音乐声——从远处传来优美动人的笙乐,隐隐约约,却如影随形;那乐声在水面上回荡,仿佛是为生机无限的春天在轻轻歌唱。这乐声,有可能是别的游船上传过来的,有可能是岸边酒家传过来的,"隐隐笙歌处处随",说明岸边酒家或游船与词作者有一段距离,词作者周围游人很少,很安静,才能听到远处时有时无的乐声。

一会儿,小船来到湖中央,极目远眺,水天一色,天上仿佛没有一丝风,湖水如此安静,湖面像玻璃一样平滑,漂在水面的小舟,移动前行也让人毫无感觉,"无风水面琉璃滑,不觉船移"。

但是,小船并不是静止的,那是宽阔、平坦的水面给人的错觉,或者是词作者正醉心于欣赏这一片开阔的水光山色而不曾察觉。突然间,"微动涟漪。惊起沙禽掠岸飞",小船带起一片涟漪,平静的水面荡起了微波,惊动了一群岸边栖息的沙鸥,它们用翅膀拍打着浅滩,飞快地起飞。蓝天下,静静的水景、平坦的沙滩、那高飞着或盘旋着的沙鸥,如画一般优美。

这里,使词作者感动的对象,没有任何高科技、高消费含量的东西——湖、绿草、春光、沙禽,全是大自然赠送的,观湖还是自助游,轻舟短棹自己动手划船。

词作者就在小船上划了几下，在湖上漂了一下，但在词作者的笔下那些所见所闻充满生机诗意和美感。

那时候还不知道生态旅游、绿色消费之说，词中流露出的对大自然的喜爱说明词作者悠游率性、富有自得其乐的情趣。

上面这首"轻舟短棹西湖好"描写的是白天风和日丽下的西湖，在欧阳修的笔下，西湖的夜景也是美不胜收，如梦如幻。

那时候没有现代高科技的照明设施，他的词中当然也没有成排成串的景观灯，还是大自然的那些东西：湖、风、月、鸟。但是，欧阳修坐在月夜湖中竟有成仙的感觉，下面这首"天容水色西湖好"的词就是这样写的。

采桑子
欧阳修

天容水色西湖好，云物俱鲜。鸥鹭闲眠。应惯寻常听管弦。

风清月白偏宜夜，一片琼田。谁羡骖鸾。人在舟中便是仙。

"天容水色西湖好，云物俱鲜。鸥鹭闲眠。应惯寻常听管弦"，这是写词作者首先看到的是傍晚的湖景。有一种说法，云为天的容貌，这样理解"天容"好，即指晴空万里白云飘，天空如洗般宁静；水本是无色的，很透明，"水色"好，是指湖水倒映的景物，云彩、天空还有岸边的树影、楼影等，因为碧空万里，所以湖水清亮，因为"天容水色西湖好"，所以"云物俱鲜"。

夕阳过去，夜幕降临。

看，城市生活的鸟也很时尚，夜幕下它们一群群悠闲地睡着，它们

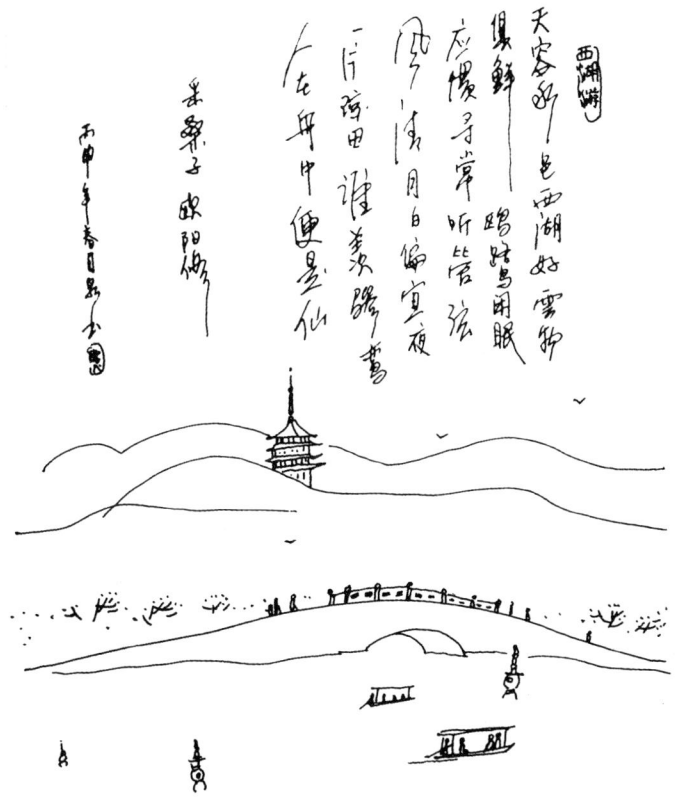

（熊海泉　绘）

面对游船、游人、管弦声那般平静，好像对这些早已司空见惯，音乐声、喧闹声仿佛成了它们的催眠曲。"鸥鹭闲眠。应惯寻常听管弦。"

在这宁静的夜晚，在这夜晚的湖上，徐徐清风，淡淡明月。

明月清风下的夜是那样柔和。

"风清月白偏宜夜，一片琼田。"夜色朦胧下的湖水仿佛美玉铺就的万顷良田，晶莹闪亮。

月清亮，鸟蒙蒙，湖水漂动，一叶轻舟浮在天穹水色中，这景色让人如入仙境一样，在大自然平静、深厚的拥抱中，尘世间的功名利禄是如此浮躁、浅薄，丢开那些世俗的烦恼，融入自然之夜，真是神清气爽，犹如神仙。

"谁羡骖鸾。人在舟中便是仙"句中的"骖"，指代骑马，古代人称同驾一辆马车的三匹马为"骖"，四匹马为"驷"。古语中有乘飞鸾上天成仙的说法，作者借用这个典故，说自己感觉在这月夜湖上"人在舟中便是仙"，怎么还会去羡慕乘飞鸾上天呢？

这神仙，自然造就了一半，另一半是词作者自己，是词作者的心态。淡定、从容的心态，可能带来天佑人愿的结果。

笔者居住的城市武汉有"百湖之市"的美誉，武汉所在的湖北也有"千湖之省"的美称，只要愿意，游湖是常事。

东湖是国内最大的城中湖，比杭州西湖大五倍，白天游东湖，可以多次体会到欧阳修先生的那种感受，特别是春天来临的时候。

3月中旬，正是春光灿烂的时候，笔者与几位同学去东湖湖边的茶馆里坐了一天，也体会到了欧阳修描述的"天容水色""云物俱鲜"的那种水景。茶馆是20世纪50年代的老房子，建在湖边一块开阔的坡地上，属于雕梁画栋的传统型建筑，为了适应观湖，茶馆呈一字形沿湖伸展，主厅两边有阶梯形的长廊，两边长廊形成的平台上放圆桌、靠椅，供游客品茶观湖，主厅一边临湖，另一边是小广场，虽然主厅内有实木树桩形的桌椅，比外边长廊的藤制桌椅更讲究，但大好春光湖景不能尽收眼底，所以游人一般不坐大厅内，而是喜欢坐在外边长廊的平台上。

久雨后太阳明媚，东湖那一望无垠的水面，像大海一样宽阔。但是，淡青色的水色看起来比海水感觉柔和，湖水在阳光下像锦绣绸缎般波光闪烁，湖岸的大树、柳叶、小草在阳光下吐着芬芳，又像是给东湖镶嵌的绿色花边，真是"天容水色东湖好，云物俱鲜"。

清新的空气、秀丽的景色,一扫平日工作中的烦恼和疲倦。

美丽的春光,美丽的东湖,还有多年的老同学相聚一堂,叫人无法不舒畅。

我们坐在长廊的平台上,一壶东湖毛尖,几个老同学,欣赏像海一样宽阔的东湖和湖边逶迤的树林,看湖中小船荡漾,看从磨山到东湖的轮渡过往迎客。坐累了,就来到大厅前的小广场打羽毛球活动活动,那时候有点能体会到欧阳修的惬意。

天容水色东湖好,云物俱鲜。

轻舟短棹东湖好,绿水逶迤。芳草长堤。

3. 游 园

湖景往往与名园连在一起,那些园林经过刻意的艺术修饰,巧夺天工,所以游湖又是与美景联系在一起的,名园湖景往往又是游人集中之处,所以词里面常常有这一类的描述。前面一节中欧阳修写的"西湖好",据说是写安徽一个地方的西湖,我们感觉到的是安静的湖景。但是在宋代的城市园林,除了这样"天容水色"的静态美,当然还有另一面,下面这几首词带给我们的是湖景名园的另一种景观,是"双休日""黄金周"那样的名园湖景——草长莺飞,游人如织。

木兰花令

贾昌期

都城水绿嬉游处,仙棹往来人笑语。红随远浪泛桃花,雪散平堤飞柳絮。

东君欲共春归去,一阵狂风和骤雨。碧油红旆锦障泥,斜日画桥芳草路。

"都城水绿嬉游处，仙棹往来人笑语"句中"仙棹"一词，形容装饰华丽的游船。棹，是划船的桨，此处指代船。"东君欲共春归去"句中"东君"一词，指春神。东君欲共春归去，指明此时游园的时间是春天将逝去。

暮春时节，都城园中的景色格外迷人，"红随远浪泛桃花，雪散平堤飞柳絮"。一场狂风骤雨过后，阳光灿烂，放眼望去，飘落的桃花铺撒在湖面泛起满湖红浪，飞落的柳絮像雪一样飘洒在长堤上。

在这春光明媚的时节，都城这片园林人来人往，欢声笑语不绝于耳，华丽的游船荡来漂去，湖上一片嬉游热闹景象，"都城水绿嬉游处，仙棹往来人笑语"。

"碧油红旆锦障泥，斜日画桥芳草路"中的"碧油"，指油壁车，古代妇女所乘的车子。旆（pèi），泛指旌旗。障泥，马鞯，垫在马鞍下，垂于马背两旁以挡泥土。看那边，雕刻如画般精美的石桥旁的芳草道上，一辆辆豪华马车载着女主人正在往这边游船的地方赶路。

如此热闹，游人还在不断地进来。"碧油红旆锦障泥，斜日画桥芳草路"，游园路上，行人络绎不绝。

俞国宝《风入松》一词描写的西湖春游风光也为我们想象当时游湖游园的繁华提供了丰富的细节：

风入松

俞国宝

一春长费买花钱，日日醉湖边。玉骢惯识西湖路，骄嘶过、沽酒楼前。红杏香中歌舞，绿杨影里秋千。

暖风十里丽人天，花压鬓云偏。画船载春归去，余情在、湖水湖烟。明日重扶残醉，来寻陌上花钿。

"一春长费买花钱，日日醉湖边。玉骢惯识西湖路，骄嘶过、沽酒楼前。"春天西湖游客日日不断，盛况非凡；路上车马纷繁，白马如玉，这些马已经认识西湖的路了，载着轿车骄嘶而过，湖光山色美景使得游人长驻，花边买醉，席间听歌。

"红杏香中歌舞，绿杨影里秋千。"西湖一派嬉春胜景：红杏飘香，树影倒映在湖水中，园内游人川流不息，酒家门前车水马龙，人们欢歌载舞，绿杨婆娑中有游戏的秋千。

"暖风十里丽人天，花压鬓云偏"，杭州习俗，三月三日，男女皆戴荠花，花插满头看上去比树上的桃花还艳，故词中称"花压鬓云偏"——游人头上的花朵高高耸起，在钗光鬓景中形成长长的花海，戴着花的男男女女绵延十里之长，使春天的桃李自叹弗如。

画船载春归去，"余情在、湖水湖烟。明日重扶残醉，来寻陌上花钿"。西湖水在春光、游船的衬映中缥缈多姿，游人的钗光花影与水波烟影形成别致的湖水湖烟，归去的画船也带着这春光水色的韵味。

宋词中多有这样的游湖景名园的描写，与宋代多有名园湖景分不开。北宋（公元960年至1127年）都城东京有著名的金明池和四大皇家名园。金明池本来是宋朝开国之初为水兵练武开凿的，但后来天下太平，该地"军转民用"，变成一个大型娱乐中心，皇室贵族、歌妓舞女皆游乐于此。四大名园中的琼林苑与金明池相连，金明池开放的同时，琼林苑也开放，园内有多种娱乐游戏设施，游园嬉水两大休闲活动掺和在一起。

除了京城，其他城市也不乏风景优美的园林。西湖水色山光重叠的秀丽，以及杭州的繁华，早在北宋时期柳永的《望海潮》中就有记叙，自古繁华的杭州钱塘江一带，在柳永的笔下是"烟柳画桥，风帘翠幕，参差十万人家"的大都市，不仅自然风光优美清丽，湖景开阔壮观，"重湖叠巘清嘉，有三秋桂子，十里荷花"，而且富庶于民，"市列珠玑，户盈罗绮，竞豪奢"。传说因为此词的广为流传，被金人首领喜欢，因为特别羡慕杭州城里的"三秋桂子，十里荷花"，他立志要打过长江，占领这有"三秋桂子，十里荷花"的地方。

南宋时期（公元1127年至1279年），虽然宋朝一直处于外敌入侵、两军交战的状况，但宋人重游乐的生活方式在山清水秀的江浙一带更盛，得山水之助，再加上宋人一百多年的建设和积累，杭州的园林其规模与数量均超过前代。《梦粱录》中记载："杭州苑囿，俯瞰西湖，高挹两峰。亭馆台榭，藏歌贮舞，四时之景不同，而乐亦无穷也。"每到春游高峰时刻，西湖这样的地方，正如上面词中所描述的那样，"都城水绿嬉游处，仙棹往来人笑语""暖风十里丽人天，花压鬓云偏"。

4. 观　潮

作为繁华富丽的都市，不难设想，温饱之余各种娱乐活动都有生存的土壤，开展各项大型活动有雄厚的物质基础和群众基础，所以大都市都有历史上形成的各自的地域特色活动，并由此形成这个城市独特的人文景观。

对宋代的城市而言，观潮就是这样一个富有地域特色的大型活动和独特的人文景观。对当时的市民而言，令皇亲国戚、达官要人、百姓居民等全城人倾城而出的观潮盛况，也是他们难忘的回忆。

潮水上涨，在生产力极其低下的农业社会早期，往往给河两岸居民带来灾害，造成许多不便，但在宋代，生产力发展到有一定能力控制洪水灾害。由于有能力控制涨潮在一定范围内活动，将涨潮对生产和生活的破坏降低了，所以对涨潮不再是单纯的畏惧心理，视涨潮为宇宙的奇观而不是灾难。看白浪滔天、山谷轰鸣、水天一色、海阔天空皆为自然美景，敬重之余更多一份观赏，自然界的涨潮遂由此演变成全城文化娱乐活动——观潮。

酒泉子

潘　阆

长忆观潮，满郭人争江上望，来疑沧海尽成空，万面鼓声中。

弄潮儿向涛头立，手把红旗旗不湿。别来几向梦中看，梦觉尚心寒。

"长忆观潮，满郭人争江上望。"经常回忆起观潮，那是使人永生难忘的场面。全城人都来到钱塘江边，踮起脚尖，伸长脖子，凝神观看江面上的情景。

"来疑沧海尽成空，万面鼓声中。"江面上涨潮时，好像突然天风吹来使大海竖起来；那轰隆隆的涨潮声，像万面战鼓齐发又似春雷轰鸣；排山倒海而来的潮水，轰鸣不停地涌进钱塘江，简直让人怀疑大海的水，是不是都被倒得一干二净，全部集中到钱塘江里了。这钱塘江的潮涨潮落，真是天下独一无二的奇观啊。

该词的上片写潮水，下片紧接着写弄潮儿。

"弄潮儿向涛头立，手把红旗旗不湿。"不仅涨潮是奇观，那些踏浪争雄的弄潮儿也是观潮中不能忘记的奇观。他们手执彩旗，披发文身、泅渡，出没于惊涛骇浪中，直向风口浪尖冲去，他们在争先恐后的竞赛中，高举的一面面旗帜像彩虹，漂荡在涨水卷起的白雪一样的水浪中。

傍晚，潮水退去了。此时，"晚来波静，海门飞上明月"，钱塘江平静地掩映在月色和青山中。

但是，回想那翻江倒海的怒潮，回想起弄潮儿手把红旗旗不湿的惊险，回想起弄潮儿在惊涛骇浪中的表演，真叫人胆战心惊，做梦也在后怕。

那样的高危特技，稍有不慎，后果是以生命为代价的啊。所以，词作者多年后还在感叹"别来几向梦中看，梦觉尚心寒"。梦醒后，于是就有上面的词。多年后还记得的事情，那是真感动。

南宋时期由于皇帝和皇后要前往观潮，八月十八日这一天，皇宫的排场也移到观潮的亭子间、江边、水上了。

读当时人陪同皇帝观钱塘江潮的"应制"之作，比如吴琚的词《酹江月·观潮应制》，可以让我们从另一个侧面了解到当时观潮的盛况。

酹江月·观潮应制

吴 琚

玉虹遥挂，望青山隐隐，一眉如抹。忽觉天风吹海立，好似春霆初发。白马凌空，琼鳌驾水，日夜朝天阙。飞龙舞凤，郁葱环拱吴越。

此景天下应无，东南形胜，伟观真奇绝。好是吴儿飞彩帜，蹴起一江秋雪。黄屋天临，水犀云拥，看击中流楫。晚来波静，海门飞上明月。

"玉虹遥挂，望青山隐隐，一眉如抹"，"飞龙舞凤，郁葱环拱吴越"，"晚来波静，海门飞上明月"，词的开头、中间和结尾这几句都是景色描写，以杭州江山秀丽如画、海水波平浪静象征京都的繁华太平。

"黄屋天临，水犀云拥，看击中流楫"，皇帝的座驾黄绸包裹，出发的路上数百名官员护驾，江边早已备好数十间供皇帝观光的彩棚，各路水军几千人分布江面护卫，他们乘骑举旗，弄枪舞刀，在水中如履平地；坐在船上的人点放五色烟花，以示对潮神生日来临的祝贺，滚滚浓烟布满江面，待炮息烟花散尽，刚才放烟火的大船也不知驶到哪里藏起来了，一只也看不见，江面归于暂时的平静。

观潮序幕结束，大家正等着大戏开始。

"忽觉天风吹海立，好似春霆初发。白马凌空，琼鳌驾水，日夜朝天阙"，这几句开始写观潮。突然，海水像被天风吹得如春雷发怒般竖立起来，那涨起来的潮水像银白色的长城，潮水抛起的浪涛像奔腾的白马，汹涌的江潮好似白色的海龟驾浪而来，那潮水咆哮声响彻云天……"此景天下应无，东南形胜，伟观真奇绝。"在这惊涛骇浪中，还有弄潮儿的精彩，"好是吴儿飞彩帜，蹴起一江秋雪"。

"黄屋天临，水犀云拥"，观天下奇观，观万民拥呼，其实也是观天下太平富庶，皇帝丰功伟绩。

在吴琚的观潮应制词中，除了对涨潮壮美的描述，比潘阆的观潮词中更多一份对帝王与民同乐的歌颂，还有用江潮的壮观烘托皇家尊严的意味。

5. 闲　愁

闲愁，是宋词中出现频率很高的词，细品那一首首词中的"愁"，可以看出并不是词作者闲得一无是处的"愁",也不是穷途末路的那种苦愁,他们是一种追求雅文化的生活方式。从他们的记叙中,我们读到那个时代城市环境的优美,天地间四季轮回的自然美;还为他们如此慢节奏地观察生活、体味人生而感动。陈亮的《虞美人·春愁》正是引起人如此感想的一首词。

虞美人·春愁
陈　亮

　　东风荡飏轻云缕,时送萧萧雨。水边台榭燕新归,一口香泥湿带、落花飞。

　　海棠糁径铺香绣,依旧成春瘦。黄昏庭院柳啼鸦,记得那人,和月、折梨花。

"时送萧萧雨","东风荡飏"两句说明作者对春天的感觉。与秋风的凄厉感不同,春风虽然有寒意,但在一棵棵小草的嫩叶中,总让人能感觉到春风中蕴含的绿色与生机,所以东风荡飏是在绿色的点缀和映衬下;春天的云也不像夏天那般乌云巨聚,而是一片片地、一缕缕地萦绕在天空;春雨也不是大雨滂沱,虽然有雨,但"萧萧",时有时无。

此时读到这两句词,特别能与词作者产生同感。因为武汉二月的细雨已经持续十多天了,除了中间曾经晴过两天外,两周来就一直是"时送萧萧雨",电取暖器上总是放着半干的衣服,门窗紧闭;但能感觉到窗外并不是像冬天那么凄冷,时有鹊鸟的叫声,地上花坛边正在发出一棵棵的嫩芽,想到天晴后温暖的艳阳天、红花绿草柳枝条,人在阴冷中也有了些温柔,能体会到"东风荡飏轻云缕"那种感觉。

"水边台榭燕新归,一口香泥湿带、落花飞。"榭,一般是建在水边的供游人休憩观赏的小亭。地基全部建在陆地上供游憩观赏的小屋称之为亭，地基全部建在水中的供游憩观赏的小屋称之为"舫"，一半伸入水中、一半立于岸边的平台上建的亭子，称为榭。建在高台上的木构亭子，是早期的榭，即称为台榭。亭台楼阁、榭轩桥廊常以厅堂为中心，成为观景的主体。词作者此时写的正是水榭厅堂的情景。在水边台榭登临远望，四围烟雨茫茫，一望无际，词作者惆怅茫然，若有所愁。

这些愁通过词作者的描述传递给读者："水边台榭燕新归，一口香泥湿带、落花飞"，在寒风细雨中有不断飘落的花瓣；燕子悠然而飞，带着筑巢的泥，也带着片片落花；"海棠糁径铺香绣，依旧成春瘦"，海棠散落的花瓣与泥土黏合在一起铺满小径，缤纷如锦绣，但寒风苦雨中，百花遭受摧残，短暂的花期过后就是凋谢——在众芳摇落中，春正在离去。

这种闲愁与"无可奈何花落去，似曾相识燕归来"的咏叹相似，表面是轻描淡写花落去，实际上是在感叹花落下去的时候，也是春天将逝去的时候。美丽的事物总是让人印象深刻，凋落的花表明美丽的事物正在发生变幻，刚才还是绚烂的东西，顷刻之间就会消失。面对自然界的缤纷落花，人们总是随即联想到自然界是如此，生命也是如此，光阴流逝，万物无常。

人生是如此短暂、变化莫测，一辈子烦恼和忧愁无数，心想事成的时候、欢乐的时刻却那么稀少。

在那些很少的满意和欢乐时刻，难忘的是那次刻骨铭心的相见和相恋。在黄昏庭院，在月夜，乌鸦哀鸣在柳树上的时刻，记得在月光下她楚楚动人的模样，如花容月貌。

"黄昏庭院柳啼鸦，记得那人，和月、折梨花。"

这一切，是那么遥远的美好记忆，只是"记得"罢了，像落花流水一样,一去不能复返。

落花纷飞中,这回忆,越美好,越发叫人有一种排解不去的思绪,无可奈何。

面对落花流水,词作者有人生短暂、变幻莫测的愁思,与词作者政治上受打压的经历不无关系。这首词的作者陈亮并非一介文弱书生,也并不是属于专写风花雪月的婉约派词人,陈亮和辛弃疾是好友,而且与辛弃疾一样,是主张以战争收复失地的"主战派",写有大量的"主战"词,鼓励国人的斗志和士气,批评"主和"派的可耻。他在《水调歌头·送章德茂大卿使虏》一词中写道:"尧之都,舜之壤,禹之封,于中应有,一个半个耻臣戎。万里腥膻如许,千古英灵安在,磅礴几时通?胡运何须问,赫日自当中。"

陈亮不仅写词鼓励人们北伐抗金,还亲自到金陵、京口两地前线视察。多次上书朝廷,反对南宋朝廷偏安一隅,希望能"誓必复仇,以励群臣,以振天下之气"。

"主和"派极端不满他的行为,将他排挤出官场。被迫赋闲的时候,他还是坚信,面对强敌入侵,议和没有出路,"正好长驱,不须反顾"(《念奴娇·登多景楼》),恢复中原失地,破敌之势必成气候。

"胡运何须问,赫日自当中",和岳飞的《满江红》一样,使人感到强烈的民族自豪感、奋发有为的斗志和昂扬向上的精神。读这几句词,再看陈亮在《虞美人·春愁》的满腔柔情,"东风荡飏轻云楼,时送萧萧雨……黄昏庭院柳啼鸦,记得那人和月、折梨花",给人感觉斗士也有闲愁,是另一种品味。

仲殊的《南柯子》,也是一首关于闲愁的词,是写在旅途上的,与陈亮这首登楼观景的春愁相比,仲殊在闲愁中更多一些散淡,于散淡中还透出一丝幽默。

南柯子

仲 殊

十里青山远,潮平路带沙。数声啼鸟怨年华。又是凄凉时候,在天涯。

白露收残月,清风散晓霞。绿杨堤畔问荷花:记得年时沽酒,那人家?

(熊海泉 绘)

"十里青山远,潮平路带沙","白露收残月,清风散晓霞",词里这两句景物的描写分散在上、下片里,但这两句连起来理解,这整首词给我们讲了一个有时间、地点、人物的情景。

"十里青山远,潮平路带沙",是地点,在江岸边,潮水退后路上还有涨潮时携带上来的沙,远处一带青山。"白露收残月,清风散晓霞",是时间,白露时节的清晨。白露,在农历七八月间,白露之前的节气是立秋、处暑;白露之后的节气是秋分、寒露。立秋、处暑,表明夏天炎热已经到头,秋天开始了,暑气就要散了,热天即将终止,气候由此逐渐转冷。白露是处在立秋、处暑与秋分、寒露之间的节气转折点,此时天气虽然开始转凉,地面水气开始结露,但还不到秋天,有秋天的清爽之气,也有夏天的月明风清之韵。

夏末的早晨,词作者独自走在江边沙路上,举目望去,远远的是一片青山,残月西沉,白露浸湿衣裳,拂晓的凉风一丝丝吹过来,仿佛也吹散了天边的朝霞,天慢慢打开。"十里青山远,潮平路带沙","白露收残月,清风散晓霞",这本来是一个令人惬意的夏日清晨,但是,就词作者的心情而言,却很忧闷。

静静的早晨,鸟啼声声清脆。在迷人的夏天,鸟儿在山水花草、朝阳白露中自由欢唱,大自然的万物正在享受老天的滋润,我也感受到这份恩赐。但是,对于身在异乡、有家不能回的人而言,越是美好的景物,越是叫人伤感年华易逝、远在天涯的孤独,"又是凄凉时候,在天涯"。

仲殊是那种有家不能回的人。

仲殊曾中进士,据说因为青年生活放荡不羁,妻子对他不满,以至于在食物里投毒想害死他,得救后他因此出家当和尚。所以,他有

"数声啼鸟怨年华"的感觉,鸟都有自己的伙伴、有自己的安乐窝,我却孤独在外漂泊。

虽然孤身在外,仲殊有些凄凉愁思,但是他也有自己的雅兴。

一边走一边低头沉思,忽然,他发现自己来到了一个荷花池边。抬头望去,池边堤畔杨柳成排,池中荷花亭亭玉立,杨柳在清风中摇曳,荷叶上有露珠在朝霞中滚动,荷花飘过来阵阵香气。

这美景、这花香使仲殊停下了前行的脚步。驻足细看,他想起来了,他来过这里,有一年也是这个时节,在这荷花池畔,在这堤边酒家吃过饭,赏过花。这真是年年岁岁人不同,岁岁年年花相似。想到这些,孤独的行者禁不住同池塘里的荷花说起话来:荷花啊,你可记得我那时买酒吃饭的是哪一个酒家?——"绿杨堤畔问荷花:记得年时沽酒,那人家。"

仲殊和尚孤独中的闲雅风情在另一首《柳梢青·吴中》词中更是让人感叹。

柳梢青·吴中

仲 殊

岸草平沙。吴王故苑,柳袅烟斜。雨后寒轻,风前香软,春在梨花。

行人一棹天涯。酒醒处,残阳乱鸦。门外秋千,墙头红粉,深院谁家?

词作者乘轻舟在江中顺流而下,两岸是绿草平沙,吴王故里,柳袅烟斜,春在梨花。在一棹天涯的漂流中,词作者独自欣赏暮春的万紫千红不免孤单,自己一个人喝起了闷酒,酒后闷闷地睡了一觉,昏昏然醒来已是黄昏。在一片残阳乱鸦中，他突然清醒了，因为看到了让他眼前一亮的景致——在岸边一栋深宅大院前，墙头荡起了一架秋千，那是谁家的姑娘，秋千玩得那般浪漫，成为春天里的一道独特风景。

"酒醒处，残阳乱鸦。门外秋千，墙头红粉，深院谁家？"

欣赏美景、美女，远远的，酒醒后。

宋代文人的风情中有挥之不去的寂寞。这风情中的寂寞，让今天的我们感到的不是怜悯，而是有一些羡慕。"现代化"使我们变得越来越快和简单。

现代快节奏的生活在让我们有越来越多快感的同时也远离了"闲愁"；名目无穷的活动让我们有越来越多"接触"的同时也让我们越来越缺少对人、对自己的审视；越来越多的物质享受使得我们无暇静下来欣赏大自然和生活中的美景。

我们没有时间闲愁。

6. 离　歌

在许多离愁别恨的词中，苏轼悼念亡妻的词和秦观的《满庭芳》读后令人难以忘怀。

江城子

苏　轼

乙卯正月十二日夜记梦

十年生死两茫茫。不思量，自难忘。千里孤坟，无处话凄凉。纵使相逢应不识，尘满面，鬓如霜。

夜来幽梦忽还乡。小轩窗，正梳妆。相顾无言，惟有泪千行。

料得年年肠断处，明月夜，短松冈。

对这首词留下印象是许多年前。那时笔者随单位组织的学习班住在黄陂木兰山，那个地方山高，远离闹市，除了居住的旅馆，周围全是大山，旅馆院子周围菊红草绿，翠竹依依，细雨云烟，鸟啼声翠，很有返璞归真、田园风光的味道。我记得，就是那一次在那样的环境，我读到了这首词，并且再也没有忘记。"十年生死两茫茫。不思量，自难忘。"每次读到这两句词，绝不会与其他的词弄混，这是苏轼的《江城子》，是他为悼念亡妻而作的。

正巧那天午饭后同事用黄陂话讲了一个笑话，与苏轼的这首词表达的是相同的情感，虽是笑话，听后、笑后人是要掉泪的——老太婆给去世的老伴烧纸钱，边烧边哭地说：我欠你，欠不着，你在那里，我在这里。在这里，"欠"不是"欠账"的"欠"，是想念、思念之意，但"欠"在黄陂方言中发"劝"的音。本来这句话很普通实在，就是"我想你，想不着，你在那里，我在这里"。但用黄陂话说，听惯普通话的人就听成了"我劝你，劝不着，你在那里，我在这里"。这如同人们听广东话"投资"理解成"投机"一样好笑，烧纸钱给死去的人，还有什么话唠叨、啰嗦着去"劝"死了的人呢？

苏轼的这首词如同那位老人的话一样，表达的中心意思就是"我想念你，想不着。你在那里，我在这里"，表达的是普通人最普通的一种别离之情。

"十年生死两茫茫。不思量，自难忘"，一对夫妻分别十年了，生死两茫茫。因为曾经是夫妻，因为曾经是家人，因为曾经是最亲近的人，明知茫茫，却不由得不思量。那些共同生活的经历，那接受过亲人恩惠的感恩之情，怎么会随着生离死别而忘掉。"千里孤坟，无处话凄凉",你孤独地躺在千里之外,我没有办法对你讲述生活的点滴,纵使想念,纵使悲伤,也找不到你,也无处诉说。

一别十年,我再也不是当初的英俊模样了,因为公职变动四处迁徙奔波、满面疲惫;因为政见不合被贬,失意哀伤、发已如霜。即使相见,你也不一定认识我呀,"纵使相逢应不识,尘满面,鬓如霜"。

虽然难忘,但相隔千里无处话凄凉;

虽然难忘,但长久的分别、生活的沧桑使我衰老,纵使相见也不认识;

茫茫思念,茫然惆怅。

"夜来幽梦忽还乡。小轩窗,正梳妆",长久的思念,在现实中没有实现,但昨夜我在梦中与你相见了。我回到了家乡,回到了你居住的老屋,看到了你,你正在窗前,对镜梳妆。

"相顾无言,惟有泪千行",长久的分别,我们无法交流。在梦境中还是那样,我们相见却无法说出一个字,你看着我,我看着你,如同我思念你时那样,我们两人相对无言、泪流满面。

据史载,苏轼词里的妻子王弗知书达理,与苏轼同甘共苦,在苏轼被贬出京城时陪伴他到外地任公职,在日常生活中,对苏轼的"工作和学习"也多有帮衬。苏轼读书时有不记得或读错的地方,王氏常常给他提示;在苏轼待人接物方面,王氏也常常从旁观察,觉得不妥之处,事后给他中肯的意见和建议。王弗还会鼓励丈夫发挥写作的特长:在一个正月夜里,见庭前梅花盛开,月色皎洁,王弗对苏轼感慨,春月柔和,令人愉悦,不像秋月让人生凄凉之感。这么好的月夜,我们可邀人一起花前饮酒赏月。苏轼听后很惊喜,夸奖妻子说出内行话,并即兴按王氏的话意作词。妻子的这些行为使苏轼惊喜和感激,在《墓志铭》

中赞王氏"敏而静",以至于亡妻故去十年,苏轼仍因思念而入梦,写此词悼念,题目为"记梦",并写明年、月和日期,可见是确有其梦。

但是,梦醒时,生离死别的思念更让人销魂断肠,更让人凄苦悲凉。

怎么能忘记你伴我读诗赏月、夫妻情深的日子,怎么能忘记你帮我分忧解难、嘘寒问暖的关心。"料得年年肠断处:明月夜,短松冈",在未来的岁月,一想到你的孤坟,一想到那明月夜、长满松树的小山岗,我就会像今天一样伤心欲绝……

我们从小就很熟悉苏轼的"大江东去,浪淘尽,千古风流人物。故垒西边,人道是,三国周郎赤壁",这首词以视野广阔、豪放而著称,当时的人们对苏轼也曾评价:"学士须关西大汉、铜琵琶、铁绰板、唱'大江东去'。"说明当时人们对苏轼独树一帜的词的惊异和敬佩,词所能包含的世界并不只是花前月下的柔情,词也可以有宏大、壮丽的叙事、抒情。

但是,读这首《江城子》,苏轼对故去妻子的深切怀念之情,谁能说不充满柔情?

任何一种创新都是在继承基础上的创新,在旧有的精华中才更有可能产生新的果实、新的作品。豪放与婉约的风格,在苏轼的词里都达到了一流水平。

苏轼的词并不仅仅给人豪放与婉约的艺术享受,如果更多地了解苏轼写这两首词的背景,苏轼的词让人感动的还有对人生境界艺术化的追求,那是将精神的超越作为一种人生境界追求的人格魅力。

苏轼的《江城子·十年生死两茫茫》《念奴娇·赤壁怀古 大江东去》这两首词与其他一些我们熟悉的《江城子·老夫聊发少年狂》《水

调歌头·明月几时有》等都是他在政治上抑郁不得志、被贬离开京城时期的作品。这些词中有人生凄凉的感觉——"十年生死两茫茫。不思量，自难忘"；也有人生抱负不能施展的失意——"人有悲欢离合，月有阴晴圆缺，此事古难全"；还有人生的一点牢骚——"人生如梦，一樽还酹江月"。

但是，读这些词也让人们读到了他作品中的超然：对感情的真挚和深沉，对历史和人生的思考，对理想境界的追求。

"十年生死两茫茫。不思量，自难忘。"

"大江东去，浪淘尽，千古风流人物。"

享受过京城豪华、安逸的权贵生活，因为政见不同而被排斥在偏远之地当差，仍有这般精神，这就是苏轼。

所以，苏轼的词在任何时代都是精品，即使现在，无论在北京人民大会堂里，在文人的书房里，在老百姓的厅堂上；无论国内，还是在海外，我们都读得到苏轼的词。

秦观的《满庭芳》也是一首离别词，词中对临别饯行场面的描绘以及由此引发的感叹，也是叫人读后难以忘记。苏轼的离别词《江城子·十年生死两茫茫》以朴实、真挚的感情吸引感染读者，秦观的这首《满庭芳》于写景、记事、抒情中，又有宋词的典型特色，婉约、清丽、凄美。

满庭芳

秦 观

山抹微云，天连衰草，画角声断谯门。暂停征棹，聊引共离尊。多少蓬莱旧事，空回首，烟霭纷纷。斜阳外，寒鸦万点，流水绕孤村。

销魂，当此际，香囊暗解，罗带轻分。谩赢得青楼，薄幸名存。此去何时见也，襟袖上，空惹啼痕。伤情处，高城望断，灯火已黄昏。

"山抹微云，天连衰草，画角声断谯门"句中"衰草"，即枯草，点明此时是秋季。"连"，粘、贴的意思；画角，古代军营中涂有彩色的号角。谯门，谯楼的门，古代建筑在城门之上的高楼称谯楼，瞭望敌情之用。"画角声断谯门"是写景，也是点明离别的时间是傍晚，古代傍晚黄昏时分城楼吹角报时。"山抹微云，天连衰草，画角声断谯门。"这三句写作者放眼远望看到和听到的景致：远远的群山烟霭纷纷，山间淡淡的云彩缥缈，树林一片片延绵到天空，飘零的落叶似乎挂在天边。傍晚时分，隐隐地从城门楼上传来一声声号角声。看那云雾缭绕的远山，看那天边的落叶，听到这号角声叫人感觉如此凄凉。

"暂停征棹，聊引共离尊。"句中，引：举的意思。在这暮色苍茫中，悲凉的号角声声传来时，远征的行程暂时停顿，离别的酒宴引人无限感慨。

"多少蓬莱旧事，空回首，烟霭纷纷。"蓬莱，传说中的海上仙山。蓬莱旧事，指过去的恋爱旧情。过去无限爱恋，我们度过多少甜蜜时光，如昨日往事，记忆犹新。面对分离，那些美好的时光像这纷纷飘浮的微云，像这飘洒天边的草叶，匆匆流逝，已成过去。分别不知何时才能相见，面对分离，如何不使人迷茫惆怅？

看天外，暮色更浓，"斜阳下，寒鸦万点，流水绕孤村"。寒鸦、孤村，进一步衬托离别凄苦的情绪。

"销魂，当此际，香囊暗解，罗带轻分。谩赢得青楼，薄幸名存。此去何时见也，襟袖上，空惹啼痕。"香囊：装有香物的小囊，古代男子常佩带香囊；罗带，丝织的带子；轻分，轻轻解开罗带的同心结，古代离别时，常以香罗带送给爱人作为纪念；谩：徒然；青楼，即妓院。这首词的下片直接抒发离别情怀，前面的山、云、衰草、谯门、孤村、斜阳、寒鸦等景致，全是作者为此时离别的情绪酝酿，因为"别时容易见时难"，"此去何时见也，襟袖上，空惹啼痕"，分别后思念如何传递，爱恋如何分享？当爱成为往事，有情人不能相伴相随时，情是爱，也是伤啊。

如此销魂的离别，叫人如此伤心。

"伤情处，高城望断，灯火已黄昏。"

伤心人所看到的景致也是如此悲凉，"高城望断，灯火已黄昏"。在这满城灯火中，我们暂时相拥，明天，那将是长久的离别，天各一方，人不见，水空流。

秦观历来被认为是婉约派的正宗，他的《鹊桥仙》中"两情若是长久时，又岂在朝朝暮暮"和《浣溪沙》中的"自在飞花轻似梦，无边丝雨细如愁"等许多名句都是情韵有致，意境深婉，比喻新奇，虽然抒发的是个人离别、相思愁绪，但表达的是人之常情，所以令人读后深受感触。

在《满庭芳》这首词中，三次描写景物：开始是"山抹微云，天连衰草，画角声断谯门"；中间是"斜阳下，寒鸦万点，流水绕孤村"；结尾处是"伤情处，高城望断，灯火已黄昏"。三次景物分别点明了不同的时间：下午—傍晚—黄昏，通过时间的推移，记叙的是与情人离别前一段刻骨铭心的相聚时光。词人如此用心用情，对一位女友，或者说对一位青楼女子，宋代文人的多愁善感、慧性灵心真是不得不让人感慨。

有一种观点说，像秦观这类描写青楼歌馆女子恋情的宋词表现了男人的一种病态心理，表现的是文人的一种虚幻的想象，即青楼女子的殷勤满足了官场失意男子的虚荣心，他们误把虚情假意当作对自己的真情崇拜而激动到文思涌动。

秦观倒是符合"官场失意"这一标准，秦观是进士出身，曾任太常博士、秘书省（从事国家档案管理等，从三品官员）正字兼国史院编修，在朝政改革中因政见不合，连遭贬逐。我认为宋代文人不"病态"，婉约派宋词将会大减光彩。

秦观这首《满庭芳》出来后，立即成为当时广为传唱的名作，因为词的开头两句"山抹微云，天连衰草"描绘的意境——极目天涯、横云、断岭、惨淡秋容以及离人情怀，雅俗共赏，动人心目，故秦观也被人称为"山抹微云君"。

7. 另一种离别

农业社会的交通不如现在便捷，分别后再见不是一件容易的事情，所以"祖饯""别亭"类的"离歌"是宋词中的重要组成部分。

但是，惜别并非都是悲情。

有些送别词，因为它质朴的语言，因为词里透出的真挚感情，以及带给你的美的感觉，读后会久久地盘绕在人脑际。在晨起，或工作间休息的时候，默默地读几遍这样的词，心情舒缓，倦怠消去。

苏轼的这首《昭君怨》就带给人这样的感觉。

昭君怨

苏　轼

谁作桓伊三弄,惊破绿窗幽梦。新月与愁烟,满江天。

欲去又还不去,明日落花飞絮。飞絮送行舟,水东流。

这是一首赠给朋友的离别词,词作者用静夜、江天、新月、愁烟、梅花三弄笛声带出离别时的环境以及时间——"谁作桓伊三弄,惊破绿窗幽梦。新月与愁烟,满江天",月夜,江边,我与朋友在话别,窗外,依稀听得见梅花三弄笛声;接着在下片,作者继续渲染离别的心情——"欲去又还不去,明日落花飞絮。飞絮送行舟,水东流"。人生总是聚聚散散,离开是无奈,是必然,也是希望,但有时道了千万声珍重,行期总是不定。想象明天前往江边送别的情景,是惜别,也有一份茫然的思念。在落花飞絮的春天,你的船将带着飘飞的柳絮远行,柳絮追逐着行舟,随水东流。

读到这首词,虽然有一些离别的感伤,同时也给人无限优美的感觉,特别是配上"桓伊三弄"的典故。桓伊三弄,此处代指梅花三弄一类悠扬的乐曲,但桓伊三弄也是一个真实的历史故事。桓伊,东晋名将。桓伊不但腹藏文韬武略,而且懂音乐,吹的笛子是专门挑选东汉流传下来的著名的柯亭竹所制。柯亭笛笛声柔美,不同凡响,配上桓伊的演奏,令世人惊叹。桓伊的笛声连同人们的赞美传遍全国。"桓伊三弄"是讲当时的名流王羲之之子王徽之与桓伊的知音故事。某日,王徽之在行船停舟的岸边,偶遇路过的桓伊的车马,令仆人下岸请求桓伊吹奏笛子一曲,以慰慕名崇拜之心。桓伊下车,坐定,吹奏一曲悠扬的《梅花落》,即乘车离去,两人之间并无一句言语的交谈,但音乐的交流让两位名人的君子之交流传青史。

静夜笛声,本来就引人联想,这笛声里还有故事;这静夜里还有月亮,一弯新月,新月映照薄雾朦胧的江面,笛声在江上飘荡,我们在话别。

在月夜江边的酒楼,在月夜江边的客栈,在月夜江上的画船。

在哪里并不重要,重要的是词作者对朋友的惜别之情。挑选一个特别的地点和环境,一个人肯为另一个人花费心情、时间,说一些与名利无关的话,做一些不求回报的事。

即使是今天,因为业缘关系结交的人,钱别在月夜江边,像这样配上清雅的笛声,寻一点"飞絮送行舟,水东流"的心思,又何尝不令人欣慰?

惜别不只是在月夜使人感到"新月与愁烟,满江天",引人情思;与友人一起度过的良辰美景也会令人回忆,让人生出"聚散苦匆匆,此恨无穷"的叹息,比如欧阳修的这首《浪淘沙》。

浪淘沙

欧阳修

把酒祝东风,且共从容。垂杨紫陌洛城东。总是当时携手处,游遍芳丛。

聚散苦匆匆,此恨无穷。今年花胜去年红。可惜明年花更好,知与谁同?

欧阳修的《浪淘沙》与苏轼的《昭君怨》一样,也是从眼前景物写起,触景生情。某一年的春天,词作者又来到了洛阳城郊,放眼望,小路上杨柳依依,万紫千红。"垂杨紫陌洛城东。总是当时携手处,游遍芳丛。"在这些春天的花香绿叶中,作者看到的,都是以前与朋友一起来过的地方，在这些花丛中，曾留下他们的欢声笑语，还有酒的醇香。但是今年，只有词作者独自一人慢饮，对东风，品花香。

去年他们一起春游，那情景如在眼前，今年已各奔东西。

"今年花胜去年红。可惜明年花更好，知与谁同？"

虽然今年的花像去年一样烂漫，也许明年的春天会更美丽，但今年我们都不能相聚，明年的春游怎么知道和谁同行？人生总是漂泊不定，来去匆匆，引人无穷烦恼，真是"聚散苦匆匆，此恨无穷"。

人生岁月沧桑，很多时候都是"聚散匆匆"，在一个城市四处奔走，在很多不同的地方"聚散匆匆"。但不会处处聚散"苦"匆匆，只有那么少数的人、不多的地方，才会给你留下"苦匆匆"的感叹，给你留下抹不去的记忆，以至分别后会触景生情，睹物相思。

走得太快的时光都是人生最美的岁月，也是带来无尽思念的记忆。

"聚散苦匆匆，此恨无穷"，不是真恨，而是真情。

送别朋友的词不只是忧郁的、感伤的，也有妙趣横生的，比如王观的《卜算子》，算得上是令人心情豁然开朗的欢送。词作者提醒人们，亲朋好友分别也可以换一个角度，只要你过得比我好，我何尝不感到高兴。

卜算子

王 观

送鲍浩然之浙东

水是眼波横，山是眉峰聚。欲问行人去那边，眉眼盈盈处。

才始送春归，又送君归去。若是江南赶上春，千万和春住。

"水是眼波横，山是眉峰聚。""眼波横"，形容眼神闪动，明眸亮丽，如水波横流。"眉峰聚"，形容皱眉如山峰并峙。"欲问行人去那边，眉眼盈盈处。""盈盈"，少女美好的样子。"眉眼盈盈处"，喻指山水秀丽的地方。古诗中形容美女，常以秀丽的山水作比拟，有"眉如远山，眼如秋水"之说，王观在这里是反过来借用这个比喻，用美女的眉眼比喻山水，借指朋友即将远去的地方的美丽，这个具有创新性的比喻也引起读者无限的想象。

"水是眼波横，山是眉峰聚。欲问行人去那边，眉眼盈盈处。"这几句是说，我真的感到高兴啊，为你送行，你要回去的地方，那是令人神往的江南啊。"日出江花红胜火，春来江水绿如蓝"，那里的盈盈绿水如少女的眼波流动，蜿蜒的青山像少女的眉峰轻耸。

"才始送春归，又送君归去"，时间过得真快啊，美好的东西总是转瞬即逝。春天就像昨日一样已经过去，朋友，你也要和我别离。但是你能回到美丽的故乡，与分别的家人团聚，与青山绿水长伴，我怎么能不为你高兴呢。

"若是江南赶上春，千万和春住"，这句话，字面上看是说如果回到故乡，还能赶上江南的春天，千万不要荒废那大好春光。但从更深的意思来理解，可以理解为是对朋友真挚的祝愿，祝愿你在春意盎然的家乡，生活和事业和和美美，生命之树常青。每当我看到青山绿水，就会想起你的故乡和你；你的快乐和幸福，就是我的欣慰。

8. 雅　致

描写湖景、年节、郊游等平淡生活场景中对精致、高雅趣味的崇尚，是宋词一大特色，宋词之所以成为独立于诗的文学形式，宋代之所以有大量文人词受到世人的尊重，与宋词的高雅趣味高于一般文学题材的表现力不无关系。

"银烛秋光冷画屏,轻罗小扇扑流萤。天阶夜色凉如水,坐看牵牛织女星"(杜牧《秋夕》)是流传到国外的一首唐诗,电视剧《风穿牡丹》中,"二战"时日本人在占领上海后逼迫苏绣名家以这首诗为意境作画,中国的苏绣名家宁死也不屈从。读到这首唐诗时,我总是会与秦观的《浣溪沙》联系起来比较,秦观的"自在飞花轻似梦,无边丝雨细如愁"有如"银烛秋光冷画屏,轻罗小扇扑流萤"一样典雅,闲愁中情思灵动。

浣溪沙

秦 观

漠漠轻寒上小楼,晓阴无赖似穷秋,淡烟流水画屏幽。

自在飞花轻似梦,无边丝雨细如愁,宝帘闲挂小银钩。

"漠漠轻寒上小楼,晓阴无赖似穷秋,淡烟流水画屏幽"三句,词意为主人走到小楼观景,虽然是春天飞花季节,但随着主人一起上小楼的不是春光,却是似深秋那样的"漠漠轻寒";看一眼厅堂的画屏,那上面的水墨画也像蒙上了淡淡烟霭,流水幽幽。

闲愁苦闷时,作者倚窗而望,看到屋外是飘零的落花、无边细雨,更添愁苦。"自在飞花轻似梦,无边丝雨细如愁,宝帘闲挂小银钩",作者别出心裁,用抽象的事物去形容具体的事物,飞花似梦,愁如细雨,表达出无可消除的愁苦。

本来,人们通常把看不见、摸不着的东西比喻成我们能看得见、摸得着的东西,这样能引起读者的想象和共鸣,在秦观的这首词里,"自在飞花轻似梦,无边丝雨细如愁"两句是反其道而行之,把看得见、

(熊海泉 绘)

摸得着的落花比喻成抽象的缥缈不定的梦,把看得见、摸得着的细雨比喻成千丝万缕的无名惆怅,加强对做梦的人若有所失、莫名烦恼的描写,引发词作者与读者的交流和共鸣。"漠漠轻寒上小楼,晓阴无赖似穷秋"句中,也有这种特色,一般是人上楼,但是词里面不直接写人上楼,而只是写"漠漠轻寒上小楼,晓阴无赖似穷秋",让读者自己回味——只有人心里悲凉、无助,才会有小楼"漠漠轻寒"似深秋的感觉。

总之,这时的景物描写全部衬映的是上小楼主人此时的心情感受。

当你高兴的时候，看到的山也美，水也美；当你在一种不安、有些忧闷的境遇中感觉有些愁闷时，你看到的就会像这首词中描写的，周围到处是寒气、幽冷、落花纷纷而下、细雨绵绵无边。

平淡的生活中有些闲愁，那是对生活情趣和境界的一种追求，"自在飞花轻似梦，无边丝雨细如愁"是宋代文人对精致、典雅生活追求的艺术缩影。读到这首词，总会让人感叹词的外在的精巧以及词的意境与文人要表达的思绪和感情能达到如此的和谐统一。

再看下面这首记叙书房情趣的词，写书房的景物，反映一个充满书卷气的场景，带有书香的雅致。

清平乐

周 晋

图书一室，香暖垂帘密。花满翠壶熏研席，睡觉满窗晴日。

手寒不了残棋，篝香细勘唐碑。无酒无诗情绪，欲梅欲雪天时。

"花满翠壶熏研席，睡觉满窗晴日"中的"研席"，指砚台和座席；"睡觉"，即睡醒；"手寒不了残棋，篝香细勘唐碑"中"不了残棋"，指一盘没下完的棋；"篝"，香笼；"校勘"，校订，考察，研究；"唐碑"，指唐代的碑刻碑文。

据记载，该词作者周晋私人收藏图书达24000本之多，各种古代碑文石刻等1000多件，所以他的书房里是满墙满架子的图书和古玩。时值寒冬，书房内厚密的帘幕低垂，温暖如春，窗台案几上摆放着鲜花，花香四溢，弥漫在室中、砚台上和座席上，一觉醒来，太阳高照，满窗晴日。

虽然是"欲雪欲梅天时"，又无酒、无朋友、无诗兴，词作者因为手冷一盘棋都没下完,但是,他并不无聊,小睡一会儿,养好精神后点上香炉,开始忙活他喜爱的事——校勘古人的碑帖。

这首词就像词作者的工作日记,反映了他忙并快乐着的一天。

词作者周晋对书房的喜爱、对那些旁人觉得枯燥的文物的细究,使人读后感慨丛生。当今,称看书、从事研究写文章的行当为"坐冷板凳",这不是一个充满颂扬的比喻;但是,看到古代人"坐冷板凳"也有如此优雅的环境和气度,也令我们现代"坐冷板凳"的人多添一份自信。"坐冷板凳"不是被人不看重的原因,坐在冷板凳上有没有自信、有没有成果很重要。

王安石是11世纪中国著名的政治改革家,进士出身,也是文人中的新贵,曾经官至宰相,在推行新法的过程中遇到重重阻力,两度遭到罢相,退隐江宁(今江苏南京市)。下面这首《渔家傲》就是写他隐居在家,轻描淡写、旷达闲逸中可感受到宋代文人的那种清雅。

渔家傲

王安石

平岸小桥千嶂抱,柔蓝一水萦花草。茅屋数间窗窈窕。尘不到,时时自有春风扫。

午枕觉来闻语鸟,欹眠似听朝鸡早。忽忆故人今总老。贪梦好,茫然忘了邯郸道。

"平岸小桥千嶂抱,柔蓝一水萦花草"中"嶂",指山峰;"柔蓝",柔和的蓝色;萦,萦绕。"茅屋数间窗窈窕"中"窈窕",深邃的样子。词开始几句讲词作者的家背山面水,位于大山怀抱之中,屋前小桥流水,花草萦绕。庭院内房屋数间,曲径通幽,清静无尘,有春风吹拂,花香飘摇,"茅屋数间窗窈窕。尘不到,时时自有春风扫"。

"午枕觉来闻语鸟,欹眠似听朝鸡早",午枕,指午睡;欹(qī)眠,斜躺着睡觉;"贪梦好,茫然忘了邯郸道"中"贪梦",指词语作者乐于沉醉梦乡,安于闲适,不再对功名感兴趣。午睡醒来,听到鸟叫,误以为是公鸡报晓,忽然想起来这不是在朝廷,已经告老还乡了,还是多睡一下吧,忘了那些功名利禄。

从《渔家傲》这首词中我们在欣赏王安石被罢官而隐退的乡居生活时,也看到了中国古代文人的一种气度——顺应生活,乐待环境;看到了文人的一种境界——在闲逸中追求恬淡平静,在自修中洁身自爱。还情不自禁想起了陶渊明的那首诗"采菊东篱下,悠然见南山。山气日夕佳,飞鸟相与还……"

词的雅致与闲情记录了当时生活的优裕和闲雅;词带给人的也不仅仅是生活的记录,它文字的优美和意境的深远,让人在物质生活之外,有了更多的精神伸展空间。精神追求与艺术、科学等活动是人类区别于动物的根本特征,物质追求总是有限的,追求过多的物质享受对人的身体是一种负担和损伤,对大自然和环境也是污染;但是,精神追求是无限的,追求更多的精神享受不会被社会认为贪婪,对大自然也不会有伤害。读读这些雅致的小词,对陶冶淡然、文雅、细腻的性情,不无收益。

在忧愁、烦恼的时候,去大自然走一走,让忧愁、烦恼融化在旷野、明月、和风、细雨中,像很多词里面的作者那样逍遥一上午或者几天,那一定也是一件乐事。

走出来一下,把注意力从日常杂事或者人际关系的恼烦中转移到对精神享受、个人爱好的追求上,把更多的精力转移到对个人以及家庭的陶冶中来,那一定是一件利于人利于己的好事。

七、词中新贵

雅致、精美历来被公认是具有贵族趣味的东西，宋词的雅致也是历来被公认的，虽然词最早与歌妓、酒筵的唱和有关，与世俗有关，但流行起来后宋词所表现出的那种清雅，则带有一股都市贵族趣味。宋词的绝大部分作者是官员以及读书的文人，他们绝大多数并非皇亲国戚，按血统论，非贵族，但是在当时政府大力引导尚文的社会风气中，他们无疑是自我奋斗赢得社会地位的都市新贵。

由于战争等原因，贵族在中国古代和现代都是一个不断被消解的阶层。在我国，历史上除了战争以外，科举制度也是摧毁贵族的重要力量。在隋唐时代由于科举制度的兴起以及确立，社会精英可以由科举产生，社会动力从上层转为下层，曾经很风行的两晋时代以来以血缘、种姓论贵贱的贵族传统被瓦解。但贵族的某些精神作为人类文化财富的一部分，却没有被人遗忘。审美趣味的精致、高雅，是提到贵族不能不联想到的，也是被认可的贵族重要的特质之一。

在西方，贵族精神中的自尊、自明、自律等特征，过去是、现在仍然是社会生活中受人尊重和向往的。在中国，写诗作文的士大夫、文人一直被认为是有教养的知识分子，他们崇尚"先天下之忧而忧，后天下之乐而乐"、威武不屈、磊落正直的品格风尚，通过"学而优则仕"，参与社会管理，实现自己的人生价值。宋代在尚文的社会风气下，文人队伍整体社会地位提高、人格逐渐提升的同时，贵族的一些特征也在他们中产生，这就是在实现政治理想的同时，追求生活趣味和精神世界的高雅，以及语言文学的精致，具体表现在宋词中，就是对雅词的崇尚。

因为高雅精致，宋词留传千年。留传千年的宋词绝大多数出自新贵之手，有趣的是，在宋词中也不乏对新贵形象以及命运的描写和记叙。

1. 科举扩招，新贵大量产生

读《临江仙》等词，可以看到宋朝是如何培养、成就文人新贵的。

临江仙
许 将

圣主临轩亲策试，集英佳气葱葱。鸣鞘声震未央宫。卷帘龙影动，挥翰御烟浓。

上第归来何事好，迎人花面争红。蓝袍香散六街风。一鞭春色里，骄损玉花骢。

"圣主临轩亲策试"中的"策试"，指由皇帝主持的殿试。殿试内容就是命题作文，考生按指定的题目写一篇论述治国方略的文章，故策试也称为"策论"。科举考试中增加殿试，由皇帝亲自主持，是宋代科举新增加的项目。

科举制度是中国封建王朝通过设立各种科目公开考试选拔官吏的制度。创始于隋，形成于唐，一般分为地方性和中央主持两种考试。科举制度到宋朝，有了极大的发展和完善。

鉴于前朝的历史教训，宋代制定了"仰文"的基本国策，从科举录取的士大夫中录用官员，官员的主要组成成分来自科举考试。在科举考试中以中央主持的进士科目考试为重，进士参加殿试合格后分三甲发榜：一甲赠进士及第，前三名称状元、榜眼、探花；二甲赠进士出身；三甲赐同进士出身，登第后即可授官。宋代改革了以前科举考试不定期或间隔太长的习惯，将进士考试规定为三年一考，扩大录取名额，允许礼部（负责礼仪、祭祀、科举、学校等工作）举行落第者复试，合格者仍可登第授职。

在大量扩大科举取士名额的同时，宋代还以"势家不当与孤寒争进"为由，限制大臣子弟报考；特别规定皇室子弟不能参加科举考试，特别规定宗室、后妃、外戚、宦官不能掌握实权；同时宋代取消了以往对科举禁考的门第限制，不仅寒门子弟可以参加科举，三教九流的后代也可以通过读书考试"登堂入室"成为国家的栋梁；废除了以前由长官推荐考生的规矩，以便更广泛地吸取中小地主与平民阶层子弟参加科举。

在考试规则上，宋代科举考试也有新的完善：在唐"糊名"（密封考卷上考生姓名）基础上，进一步实行"誊录"，即派专人将试卷用正楷重新抄写一遍，使考官无法辨认考生笔迹，以保证公正阅卷；考试期间实行"锁院"，严禁出入，以防内外串通舞弊。

科举虽然免不了人情请托、权贵干预等弊端，但通过公开考试、鼓励竞争的措施，使选拔官吏有了一个比较客观的标准，当时的名臣、名相、学者、文士大都出自科举。

科举考试还推动了文化教育的普及，影响社会风尚。由于当时朝廷大力推行"与士大夫治天下"的统治,使读书作文在宋代成为受社会尊重的大事,也成为国人重教的传统;担负重任的文人也逐步改变"百无一用是书生"的旧形象,士大夫的精神风貌达到了一种新的境界,先忧后乐、忠义气节、磊落正直等精神特征在一大批宋代文人中皆有典型表现,比如,强调自我道德完善建功立业的范仲淹,关心国计民生的欧阳修、苏轼,精忠报国的文天祥、陆游,等等。

由此可见,在科举体制中,策试(皇帝主持的殿试)是科举考试中全国顶级人才的考试,其考出来的人才,以平均智力及才能素质而言,要远高于其他人群。《临江仙》词中第二句"集英佳气葱葱",并不是词作者的自吹,能参加"策试"的人,都是那个时代才华横溢、志存高远的饱学之士。

"鸣鞘声震未央宫。卷帘龙影动,挥翰御烟浓"这几句是描述考场以及考试时的状况。鸣鞘,鸣鞭,晚唐以及五代皇宫中有鸣鞭的仪式,以警告百官肃静。未央宫,汉代宫名,这里借指皇宫。"鸣鞘声震未央宫"句中"鸣鞘"相当于考试开场打铃,鸣鞘后,所有考生必须遵守考场纪律,皇上作为主考官,也必须端坐帘后,不得讲话,可以看书写字,有炷香缭绕陪伴左右。

词的下片写考试及第后的风光。

"上第归来何事好,迎人花面争红。蓝袍香散六街风。一鞭春色里,骄损玉花骢"中的"蓝袍",也有词中用"蓝袖",指蓝布衫,古代儒生的着装,后称秀才等读书人所穿的衣袍,参加殿试的考生也身着蓝布装,故此句用"蓝袍"指代考生。"策试"后,先张榜公布成绩,然后金殿唱第——在皇宫殿堂上宣读名次。金銮殿上,"天子门生"齐齐肃立,听宣读官高声宣布进士的大名,听到唱名,该进士立刻出列,上前接受皇帝的召见；虽然放榜后大家都知道成绩，但是，金殿唱名、皇帝亲勉又是令考生无比荣耀、激动难忘的时刻，"记得金銮同唱第，春风上国繁华"（欧阳修《临江仙》）。

金殿唱第后是游街。中榜进士们头戴大红花，骑上骏马，按状元、榜眼、探花等一、二、三的名次排队到大街上游行，让全城百姓一睹风采。那些出门观赏的人并不都是普通百姓，有无数的大臣、皇亲国戚，以及他们的妻女，那些要选状元为夫婿的有心人。所以，"状元"出游是轰动天下的大事，这一天也是千金小姐、才女们的盛大"相亲会"，进士们宝马红花，红粉们香车迎"驾"。"上第归来何事好，迎人花面争红"，仕女们夹道观赏的场面，如同今天欢迎为国争光的冠军、英雄一样激动人心。

"玉花骢"，指青花大白马；"春色"，殿试一般在当年春季举行，所以游街遇到的不仅有欢声雷动的人群，还有早春的绿叶红花，"蓝袍香散六街风。一鞭春色里，骄损玉花骢"，获得巨大成功的骑马人，走在大街上，心花怒放，春风得意，只是辛苦了座下的"玉花骢"。

游街之后，按照宋代的科举制度，新科进士还要参加京郊琼林苑的贺宴。在皇帝园林的国宴上，新科进士被一一点名由皇上亲加慰勉——"金殿传胪"，如果仕途顺利，殿试状元有可能官至宰相。

好事近·催妆词

王　昂

喜气拥朱门，光动绮罗香陌。行到紫薇花下，悟身非凡客。

不须脂粉涴天真，嫌怕太红白。留取黛眉浅处，画章台春色。

本词作者王昂，是1118年朝廷殿试头名状元。在这首由状元写的催妆词中，科举及弟后春风得意的风光表达得更直率。

催妆，讲的是古代的一种风俗习惯——结婚前，新娘和娘家人既高兴感情上又恋恋不舍，在这种境况下，婆家人必须来催促新嫁娘梳妆打扮。结婚前一日为"催妆日"，此日新郎家要送礼物、诗词到新娘家，以表示新郎及婆家的殷切之意。

据史载，王昂夺得状元后，立刻有朝中大臣招他为婿。结婚前一日，他提笔写下这首催妆词——好事近。

"喜气拥朱门，光动绮罗香陌"，这两句写新娘家的富丽堂皇，迎状元上门的热闹喜庆，深宅大院、红漆大门，到处张灯结彩，连周围的路上都是香气缭绕。

"行到紫薇花下，悟身非凡客"句中"紫薇"，除了花名，也是星座名，对应皇宫，古代帝王宫殿又称紫薇殿。新娘家庭院里满园花香，其中紫薇花引人注目，王昂来接新娘，于是有"行到紫薇花下"；此句与下句"悟身非凡客"连起来又有另一层暗示：王昂自喻自己是紫薇星座中星君下凡，是命中注定要中状元的，进朝廷做大官那也是不在话下的。

所以，想招我为婿的大有人在，新娘打扮不打扮不重要，快快出门上轿才要紧。虽然我是天之骄子，但是新娘也是天生丽质，才子佳人相配这样的好事，无须在嫁妆、仪式上多费心思。"不须脂粉涴天真，嫌怕太红白"中"涴"（wò），污染之意；天真，是指新娘天然美丽；红白，白中透红。这两句是状元自夸时也对新娘的美貌赞赏不已。

"留取黛眉浅处，画章台春色"，章台，战国时秦有章台宫，此处借指宫中。状元继续甜言蜜语献爱心：新娘白里透红，眉眼天然动人，不必再用脂粉掩饰了，即使新娘还有"浅处"、美中不足，但现在也不用多描画了,留着结婚后我来干,我可以像汉代张敞替夫人画眉那样,亲自为夫人化妆,以后我出入皇宫中,会留心时尚的装扮,一定会把夫人打扮得靓丽入时。

这个状元综合素质真的很高,一挥而就的催妆词,才气中有热情和幽默,得意中不失殷勤体贴。

社会风气重视读书人,不仅是一套科举制度在着力培养文人成为国家的栋梁。除了政府,家庭也在着力培养文人,看这首送丈夫进京城赶考的词,可以知道读书人在家庭中是如何被当作上宾对待的。

鹧鸪天·剪彩花送夫省试

刘鼎臣妻

金屋无人夜剪缯,宝钗翻作齿痕轻。临行执手殷勤送,衬取萧郎两鬓青。

听嘱咐,好看承,千金不抵此时情。明年宴罢琼林晚,酒面微红相映明。

词名说明是"剪彩花送夫省试",省试,即由礼部主持的考试,也称礼部试,作者是刘鼎臣的妻子。

"金屋无人夜剪缯,宝钗翻作齿痕轻",丈夫即将去京城参加考试,我为他准备出门的东西忙了一天才安顿下来;夜已深沉,厅堂里静静的,趁夜深人静时我还在为丈夫制作绸花,临别时戴在丈夫的头上,那是又气派又喜气——"临行执手殷勤送,衬取萧郎两鬓青"。

"听嘱咐,好看承,千金不抵此时情",临别的时候到了,我执手殷勤相送,趁着戴花的时候,我一再叮嘱他要记得保重身体,还要记得我此时的心意,那是用多少金钱也买不回的真情实意。

"明年宴罢琼林晚，酒面微红相映明。"戴花送别的时候，我也祝贺他考试夺得好成绩，与其他新科进士一起参加皇上摆设的庆功宴，那时饮过美酒，绯红的两颊与红花交相映衬，显得多么荣耀，多么光彩。

虽然流传至今的妻子为丈夫备考的诗词不多见，但是这样的事情实际上我们在戏曲里是常常看到的——夫妻或者情人离别时的情景，说的都是像这首词里今天我们熟悉的家常话——叮咛、嘱咐、关心、提醒。

只有相亲相爱的人，才能说出这么多为对方光荣而光荣的心里话，才能做出这么多为对方满心欢喜的琐碎事。

听到这些熟悉的送别语，作为现代人，我们一方面感叹他们夫妻情深；另一方面感叹科举考试功成名就的巨大吸引力、创造力，家庭和社会一样是培养文人成为新贵的重要土壤。

2. 被　贬

宋代皇帝重视文人，有不杀文官的戒律，宋代文人能够成为新贵的机会很大，但是在"工作"中被贬的可能性也很多：文官发表政见，有时候是因派系不同受到压制，比如苏轼与王安石政见不合被贬出京城多年；有时候是得罪了皇帝被贬回老家种地；除了跟皇帝、大臣意见不合遭贬，不小心因公得罪了皇帝的家人也会被罢官。下面的两首词中，《踏莎行》的作者因为提意见惹恼了皇帝，《清平乐》那首词是文人王观应圣旨而作，皇帝没有意见，但是太后看了有意见，王观被解职。

踏莎行

侯彭老

十二封章，三千里路。当年走遍东西府。时人莫讶出都忙，官家送我归乡去。

三诏出山，一言悟主。古人料得皆虚语。太平朝野总多欢，江湖幸有宽闲处。

"十二封章"中"封章"，奏章之意，十二封章代指词作者上奏之多。"十二封章，三千里路。当年走遍东西府"这开头三句，是词作者说自己曾经多年服务于朝廷，在皇宫终日忙碌，为政勤勉，忠于职守。

但是，近来由于连续多次给皇帝提意见，使龙颜大怒，结果是充军三千里，解甲归田。

词作者面对如此重创心态很好，自我安慰"时人莫讶出都忙，官家送我归乡去"，世人不要笑话我被匆匆忙忙赶出了京城，想到从此可以"采菊东篱下，悠然见南山"，这是皇上送我回老家享清福啊。

下片是继续设想回乡的清闲生活。

"三诏出山，一言悟主。古人料得皆虚语。太平朝野总多欢，江湖幸有宽闲处"中的"三诏"，多次下诏；江湖，指在野，与朝廷相对而言。

作者从政务缠身到被贬回乡，从繁华京城到僻静的山乡，从终日应酬不断到清闲无人说话，个人生活即将发生根本改变，想想也有几句牢骚话。所以词作者又自言自语道：说什么三顾茅庐，请英才出山，辅主定天下，那只是古人侃大山说闲话吧。如今天下太平，朝野无事，皇帝哪里还会记得对一个回家的老臣三请四接，还是在乡下待着，安心歇息吧。

清平乐

王　观

黄金殿里，烛影双龙戏。劝得官家真个醉，进酒犹呼万岁。

折旋舞彻伊州。君恩与整搔头。一夜御前宣住，六宫多少人愁。

从整首词看，这是描述皇帝与一个宫女宴乐的情形。"黄金殿里，烛影双龙戏。劝得官家真个醉，进酒犹呼万岁"中"金殿"指皇帝住的地方；"官家"，古时对皇帝的俗称。华丽后宫烛光辉煌，烛影下两人相戏成双。这位陪皇帝的宫女，非常会讨得"官家"的欢喜，进酒时还娇媚地祝颂万岁，官家高兴，喝得真的有了醉意，也被这位风流娇美的宫女所迷醉。

下片中"折旋舞彻伊州。君恩与整搔头"中的"伊州"，乐曲名，唐代边地伊州传入的西域舞曲，舞蹈热烈活泼；"搔头"即玉簪的别名，为妇女头上饰物。"与整搔头"为舞者整理首饰；"一夜御前宣住，六宫多少人愁"中，"御"，古代表示对帝王所作所为及所用物的敬称，如御旨、御驾等；"宣"为传达皇上之命。"一夜御前宣住"，意即当晚皇上传命这位宫女留宿；"六宫"，泛指皇后妃嫔或其住处。酒尽后，这位宠妃又展示了技艺超群的欢快的舞蹈，"折旋舞彻伊州"；皇帝看后更加喜欢和恩宠，看到她因旋转头发有些零乱，皇帝还走上前亲自躬身为她整理头上的玉簪，"君恩与整搔头"；并马上传命她侍寝。"一夜御前宣住，六宫多少人愁"，有幸陪伴君王，这是使多少人嫉妒的机会呀。

王观作词的目的是应皇帝的要求陪皇帝消遣娱乐，但词中也有些调笑、戏谑的语气。太后看到了这首词，认为是对皇帝的亵渎，王观随即冤枉被罢官，史载有"高太后以为媟渎神宗，翌日罢职，世遂有'逐客'之号"（《能改斋漫录》卷十七）。

文人经常被贬，除了得罪皇帝、皇后遭贬，因为政见不同被同僚上告获得莫须有罪名而遭贬的更大有人在。比如黄庭坚因为与同僚不和，同僚高升后上书皇帝，揭发他写的文章《荆南承天院记》有"幸灾"之意，黄庭坚因此冤枉遭贬谪，被除名羁管宜州（今广西宜州）。下面这首《青玉案》，记叙的就是白发哥哥送别被贬的黄庭坚的情景。

青玉案·和贺方回韵，送山谷弟贬宜州

黄大临

千峰百嶂宜州路，天黯淡，知人去。晓别吾家黄叔度。弟兄华发，远山修水，异日同归处。

樽罍饮散长亭暮，别语缠绵不成句。已断离肠能几许？水村山馆，夜阑无寐，听尽空阶雨。

上片写天刚破晓，兄弟二人相别于长亭。

词名中的"山谷"，即黄庭坚，黄庭坚号山谷道人。据载，黄庭坚是苏门四学士之一，诗歌和书法在北宋可称大家，诗歌和苏轼并称"苏黄"；其书法和苏轼、米芾、蔡襄并称"北宋四大家"；此外，黄庭坚在文学、艺术上具有独创精神，从不肯依傍他人门户，独自开创"江西诗派"。

"晓别吾家黄叔度"，黄叔度，黄宪，字叔度，东汉人，学识品行俱佳，这里词作者称赞黄庭坚如当年名士黄叔度一样有才华、有抱负；"弟兄华发，远山修水，异日同归处"，华发，白发；远山修水中的"修"即长，远山修水形容山隔水阻，路途遥远。古代的贬谪，其地点远近与犯罪的轻重有关,被朝廷认为罪越重的发配得越偏远;同归处,同样的结局,即死亡。

清早来送别弟弟,好像连老天爷都知道你被贬去相隔千山万水的宜州,所以天空是那么昏沉、阴暗;想到弟弟一身才华无法施展,想到兄弟俩都已是白发斑斑的老人,此一别或许只有在九泉之下才有可能再见,连天也打不起精神啊。

人逢喜事精神爽,但"感时花溅泪,恨别鸟惊心",因为弟弟被冤枉、被流放,兄长的心情灰暗,所以看到"天黯淡"。

据载,被贬宜州前,黄庭坚因文字惹祸已经被贬涪州,刚刚结束长达六年的放逐生活,仅仅任职九天又因文字惹祸被罢免,并除名,羁管宜州。遭遇这样的冤枉,此时,兄黄大临心中充满了悲愤和不平。这首写在送黄庭坚赴宜州之时的《青玉案》,也颇为弟弟所受的不公鸣不平。

下片写离别酒自朝至暮,到了弟弟不得不上路的时刻,词作者的悲伤达到顶点。

"樽罍饮散长亭暮,别语缠绵不成句。已断离肠能几许?水村山馆,夜阑无寐,听尽空阶雨。""樽",指酒杯;罍,用以盛酒或水、有盖的容器;樽罍(léi),指酒具;水村山馆,临水靠山的村舍或行馆;阑,残,晚;无寐,失眠。

天色已经不早了,暮色黄昏,送别宴从晓至午,到了不得不散的时候,但此时有千言万语却不知从何说起,"樽罍饮散长亭暮,别语缠绵不成句";遥想兄弟一别天各一方,想到弟弟一路上孤苦伶仃、夜来听尽屋前雨打空阶而不能眠的悲苦,我哽咽无语,告别的话都说不出来,"已断离肠能几许?"

联想到中国2000多年的大一统历史，这首词所描绘的情景并不是文人的无病呻吟。就这首词里的人物而言，黄庭坚此去于次年夏抵宜州，一年后病死贬所，"异日同归处"的谶言成真，长亭一别被黄大临言中而成为兄弟的永诀。

读罢这首词，回想词中醉不成欢、惨不成句的场景，令人不只是心酸。

虽然宋代文人受到优待，但那是皇权的时代，文人所有的优待必须是在皇威之下。

3. 流　放

在传统官本位社会，文人除了"学而优则仕"、被皇帝封官，没有更好体现自身价值的其他职业。所以文人遭贬、被罢官，出路只有逐出京城远离权力中心，但是对那些曾经踌躇满志、渴望建功立业的新贵而言，面临这样的境遇，苦闷和激恨自不待言。

下面这首《鹧鸪天》和《踏莎行·郴州旅舍》中描述的就是这种情形。

鹧鸪天

黄庭坚

黄菊枝头生晓寒，人生莫放酒杯干。风前横笛斜吹雨，醉里簪花倒著冠。

身健在，且加餐，舞裙歌板尽清欢。黄花白发相牵挽，付与时人冷眼看。

重阳时节，菊花盛开，但是已经透着深秋的寒意，"黄菊枝头生晓寒"。来吧，我们赏菊饮酒、对酒当歌。酒中自有欢乐，酒中自有天地，让杯中常有酒，长入酒中天。"人生莫放酒杯干"，到酒中去求安慰，到醉中去求欢乐。

"风前横笛斜吹雨，醉里簪花倒著冠"，面对狂风斜雨，迎风而立，吹奏横笛，在醉态蒙眬中，头插黄花，倒戴头冠。这是着意表明酒后的浪漫举动和醉中狂态——端起笛子对着风雨吹，头上插花倒戴帽，都是世人认为的浪荡行为，只有酒后才能这样放肆。

词作者在下片继续发泄对世俗的不屑与愤恨。

"身健在，且加餐，舞裙歌板尽清欢。黄花白发相牵挽，付与时人冷眼看。"

只要活着，就要在舞裙歌板中饮酒作乐、尽情狂欢，让鲜花配白发，自得其乐。世事纷扰，是非颠倒，无可挽回，只愿身体长健，眼前快乐。

"黄花白发相牵挽，付与时人冷眼看"中菊花傲霜而开，常用来比喻人老而弥坚，故有黄花晚节之称。黄花白发相牵挽，除了快感，也表明作者面对人生的打击不同流合污的志气——我就是这种遗世独立、与众不同的"狂士"，付与时人冷眼看。

踏莎行·郴州旅舍

秦 观

雾失楼台，月迷津渡，桃源望断无寻处。可堪孤馆闭春寒，杜鹃声里斜阳暮。

驿寄梅花，鱼传尺素，砌成此恨无重数。郴江幸自绕郴山，为谁流下潇湘去！

秦观是苏门四学士之一，与苏轼、黄庭坚持相同政见，因为反对王安石变法，他们同被逐出京城，秦观像苏轼、黄庭坚一样，一贬再贬，被贬期间，秦观写了多首凄苦感伤的词。

《踏莎行·郴州旅舍》这首词是秦观被撤职流放到郴（chēn）州（在今湖南省郴县）时所作，从中可以读出他被贬谪、流落他乡的苦闷。

"雾失楼台，月迷津渡，桃源望断无寻处。"清冷的早春，词作者站在客舍的临窗处若有所思，从客舍向外望去，雾蒙蒙，看不清高楼，看到的只是一片朦胧。暗淡的月光使河边的渡口（津渡）也变得模糊难认。

面对被贬的现实，词作者在痛苦地思考，也在寻找。

他在寻找理想的净土。

他想到史书记载的世外桃源就在武陵郡，就在自己现在所在的郴州附近。他还想到据说那个世外桃源是秦朝的老百姓由于不满社会动乱而找到的避难的地方，那里没有暴政，人民可以安居乐业，是令人向往的理想的乐土。

但是，词作者看到的现实却是"桃源望断无寻处"，那个被诗人陶渊明所描绘的"世外桃源"，那个与世隔绝的理想乐园，他费尽了眼力（望断），怎么也看不到。

"雾失楼台，月迷津渡，桃源望断无寻处"三句所描绘的，就是这样一个迷茫的、使人试图逃避的春天。

春寒料峭的天气，使人难以出屋，在异乡客舍里，作者孤单寂寞。白天走了，黄昏来临，杜鹃声声，似乎在叫着"不如归去""不如归去"。此情此景，使作者感到窒息苦闷的同时，越发思念家乡，向往以前意气风发的日子。"可堪孤馆闭春寒，杜鹃声里斜阳暮"中"可堪"，怎么受得了。"可堪"二字突出的就是词作者这种难以忍受的凄苦心情。

"驿寄梅花，鱼传尺素，砌成此恨无重数。郴江幸自绕郴山，为谁流下潇湘去！"驿（yì）即驿站，古时的交通站，供来往官员和信使休息、换马的地方。"尺素"是用来写信的白绢，其长度一般在一尺左右。"驿寄梅花，鱼传尺素"中的"梅花"和"书信"是一样的含义，都是指友人带来的慰问信。但是在被放逐的这个偏远之地，词作者没有因远方来信感到宽慰，反而引起了他更多的辛酸。

"郴江幸自绕郴山，为谁流下潇湘去！"中"幸自"是本身的意思。"潇湘"是湘江中游与潇水会合后的一段，郴江经郴州北流注入湘江。

因为在朝廷受到排斥，词作者此时已是第三次遭贬，初是被贬到杭州，再被贬到处州（今浙江丽水），现在，又被削去官职贬到更偏远的郴州；而且被规定，在郴州秦观是没有人身自由的罪人，如果得罪了当地长官，不知道还会被贬到哪个更偏远的地方。

这种处境下的秦观，看到郴江北去的自然现象也不由得引发了他心中的不平和愤恨："郴江水你自己绕着郴山流就行了，为什么还要流到湘江去呢！"

词作者在这里说郴江水抛弃郴州而离去，其实是说自己为什么被流放到远离都城的这里，他原本就不应该是待在郴州的，然而却没有像郴江水离郴州而去的自由！

这是秦观的气话，却是那个时代不能避免的现实。

宋朝，那是皇权科举的时代，虽然能够产生人才，但是，还不是人才自由发展的时代。

八、词中红颜

历来有一种说法，讲《花间集》为何叫这个名字，它意味着这些词是在花丛中、在美人与美境中因兴而作，是为美人的浅吟低唱，也在那些轻启朱唇、纤纤玉指的女子间传递，联想到宋代的历史，对这样的说法会有更深的理解。

作为一个朝代，面对北方少数民族的强大攻势，宋朝没有取得军事上的最后胜利，但是，宋朝是"输了帝国，赢了美"的时代，是一个因城市繁华、生活品位精致而称名于世的朝代。在那繁华都市之间，有汝窑的青色瓷、徽宗的瘦金体，还有烟柳、兰舟、廊桥，清风吹过藕花菰叶，一片片粉红花开，琴弦筝歌余音绕梁。宋朝，被公认有一种"柔的文化"。西夏、辽金都比宋强，但两宋加起来300多年，不仅比西夏、辽、金较长，比唐朝的290年还长。

宋词中一首首婉约多情、风流得意的花间词，也正是这个朝代都市生活在文人心中的回音。

留意词中红颜这一类花间词，你会为文人墨客的痴情而感动，他们把瞬间看到的美人、美景变成了他们心中的爱和感动，这种爱和感动不仅感动了他们周围的人和他们那个时代，而且也感染了他们身后几百年、上千年的人们。

那些女子如此触动文人的灵性和爱恋，以至于让他们写出如此优美的词句——"落花人独立，微雨燕双飞"，"衣带渐宽终不悔，为伊消得人憔悴"，"十年生死两茫茫。不思量，自难忘"，"人生自是有情痴，此恨不关风与月"，"天涯地角有穷时，只有相思无穷处"，"今宵酒醒何处？杨柳岸、晓风残月"，"两情若是长久时，又岂在朝朝暮暮"……

还有那在雪夜火炉旁低唱的"小红"，那在旧时月色中吟诗的"漱玉"，那"满城春色宫墙柳"中的唐婉，那"小轩窗、正梳妆"的王氏，那平生稀见的"秋娘"，那梦中难忘的小莲，那琵琶留人的翠环姑娘……这一个个红颜知己成就了文人千古流芳的文章。

在这些文章中，那些笑靥如花的女子，那些红袖添香的岁月，那些令文人生出至情至爱情怀、写出千古流芳文章的红颜像宋词一样令人叹息欣赏。

那种"纤手破新橙，相对坐调筝"的柔情，那种"双蝶绣罗裙，闲花淡淡春"的雅致，那种"月落沙平江似练，望尽芦花无雁"的婉转，那种"只有一枝梧叶，不知多少秋声""碧云天，黄叶地，秋色连波，波上寒烟翠"的愁绪，那种"便是春江却是泪，流不尽，许多愁"的缠绵，那种"梦魂惯得无拘检，又踏杨花过谢桥"的相思，撑开了我们对宋朝如梦如诗般的记忆，时时拨动我们心底"问世间女子，还可以如此"的那根琴弦。

那是一个遥远的时代，但有些问题依然存在于千年后的现代。在当下的各种报刊读物中，关于男人与女人的感情故事的文章数不胜数，如果婉约词属于那个时代的男女情感故事，两者相比，给人最突出的感觉是：今天报刊上的感情故事不像婉约词里那样大多数出自男人之手，今天的情感故事大多也不像那些词般如梦如诗般充满迷人魅力，今天的那些故事大都出自女人之口。

想一想这些问题，不妨读一读宋词，看看千古流芳的女主角如何？一首首婉约的宋词会让我们情不自禁地思考。

从这样的角度来读宋朝的婉约派词，似乎宋朝离我们并不遥远，流年逝去，但年年岁岁花相似。

1. 成　才

古语有"女子无才便是德"之说，以今天的眼光评判，女子有才有德不是对人对己都有利吗？从宋词中可以体会到，即使在传统社会，并不是都接受"女子无才便是德"这样的规劝，有许多受过良好教育的才女，她们写的词以及她们的故事随时代千年流传。宋朝重文，个个皇帝崇尚读书，"万般皆下品，唯有读书高"，据说就是出自宋代皇帝之口。所以宋代普通妇女一般都读书识字，社会风气对妇女的禁锢也较少，可以外出访友、游湖登山，这种生活方式使女性也能写诗词、文章。由于地位差别，女性的诗词没有专门编集成章，绝大部分散佚流失，在侥幸留存的女性诗词中，没有名字仅留下一个姓氏的作品居多。据统计，留存至今的宋词中的女作者共有120余位，其中像李清照、朱淑真这样的女性，其词诗作品已达到一流水平，传世名篇的文学影响与男性的作品比起来也是毫不逊色。

李清照少女时代的一首《如梦令》短词，使她以"才女"地位誉满朝野，也使她的未婚夫心生敬爱，日夜起相思之梦。

如梦令

李清照

昨夜雨疏风骤,浓睡不消残酒。试问卷帘人,却道海棠依旧。知否?知否?应是绿肥红瘦。

(熊海泉 绘)

"昨夜雨疏风骤"这首词带给人的是这样的境界:那是一个有点忧伤、有点抑郁的暮春时节,晚上的雨不停地下,风不停地吹,树上的花被风吹落，庭院里落花缤纷。虽然睡了一夜，仍有余醉未消。问那正在卷帘的侍女，外面情况如何，她说海棠花依然和昨天一样。知道吗？知道吗？这个时节应是绿叶繁茂，红花凋零了。

在这种环境中的小郁闷，反映了作者对春天将逝的惋惜之情，体现了作者的细腻心思及高雅情趣。这是现在快节奏地奔波忙碌的都市人少有也难有的闲情逸致。

在音乐学院的一次合唱音乐会上，曾听过这首词的男女混声合唱，那是由省歌剧舞剧院爱乐合唱团表演的，据指挥王秀峰先生介绍，这首词的曲是由台湾著名音乐人谱写的。整个合唱格调轻柔、典雅，少女伤春的心境、雨后暮春的氛围，在如溪水般流淌的歌声中若隐若现，女演员一袭黑晚礼服，男演员黑色西服、白衬衣，重复数次咏唱——"昨夜雨疏风骤，浓睡不消残酒。试问卷帘人，却道海棠依旧"，"知否？知否？应是绿肥红瘦"……使观赏者颇多联想。

在欣赏合唱团轻声咏唱"昨夜雨疏风骤，浓睡不消残酒。试问卷帘人，却道海棠依旧。知否？知否？应是绿肥红瘦"这首词时，让人更多想到的也是那种情景：风雨过后，院外的海棠花纷纷凋落，空气微凉，宿醉之人懒起……

那次在音乐学院，不只听了"昨夜雨疏风骤，浓睡不消残酒"这首《如梦令》的合唱，还欣赏了李清照的另一首《如梦令》。

如梦令

李清照

常记溪亭日暮，沉醉不知归路。兴尽晚回舟，误入藕花深处。争渡，争渡。惊起一滩鸥鹭。

李清照后半辈子经受了国破家亡、50岁再嫁被骗、离婚坐牢、老年孤独寂寞等常人难以承受的波折，这些磨难使她的词的内容也由欢快、祥和转向"寻寻觅觅，冷冷清清，凄凄惨惨戚戚"的悲愁和寒凉。但是，"常记溪亭日暮，沉醉不知归路"这首词仍然是才女转变之前的佳作。

同上一首《如梦令》描写庭院日常生活情景不同，这首《如梦令》通过记叙一次郊游引人遐想。

那是令词作者常常回忆的一次水上聚会。"常记溪亭日暮，沉醉不知归路"，朋友们一起在船上不知不觉饮酒吟诗到黄昏；"兴尽晚回舟，误入藕花深处"，兴高采烈之际，连回去的路也迷失了，本来是要划向岸边，船竟然划到了荷花丛中，大家猛然醒悟；"争渡，争渡。惊起一滩鸥鹭"，调转船头，划呀划呀，傍晚溪亭的宁静被划船声、欢笑声打破，惹得准备安眠的沙鸥、鹭鸟从荷叶中惊飞而起。

词作者常记溪亭日暮，想到的不仅仅是一次聚会，还有青春年少的豪放、无忧无虑时代的欢乐。

读这首词时，也会引起读者对自己生活的联想。相比李清照许多流传更广的词来，相比"寻寻觅觅，冷冷清清，凄凄惨惨戚戚""人比黄花瘦""至今思项羽，不肯过江东"那些名句，这首"常记溪亭日暮，沉醉不知归路"与日常生活，而且是普通人的日常生活联系得更紧密。

城市人不难有聚会的经历，住在湖边、水边的人，对这种水上聚会的记忆尤为亲切，那是与亲情、友情以及欢乐轻松连在一起的聚会。遥远的宋代与我们现在的生活经历在读这首词的时候紧密地联系在一起了。

"常记溪亭日暮，沉醉不知归路"，那是宋代的，也是我们现在追求的欢愉、闲适。

才女之所以称为才女,是因为她个人的精神追求也引起了许多人的联想和记忆。

像李清照这样知书、达理、有文采的女人,在宋朝还有我们熟悉的唐琬。

陆游的前妻唐琬,如果不是知书达理,怎么与满腹诗书、满怀雄心的陆游有共同语言,怎么会在离婚、去世等变故后仍赢得陆游刻骨铭心的怀念。唐琬与陆游一唱一和的《钗头凤》,800多年后我们细细读来仍然会感动不已:

钗头凤
陆 游

红酥手,黄縢酒,满城春色宫墙柳。东风恶,欢情薄。一怀愁绪,几年离索。错!错!错!

春如旧,人空瘦,泪痕红浥鲛绡透。桃花落,闲池阁。山盟虽在,锦书难托。莫!莫!莫!

钗头凤
唐 琬

世情薄,人情恶,雨送黄昏花易落。晓风干,泪痕残,欲笺心事,独语斜阑。难!难!难!

人成各,今非昨,病魂常恨秋千索。角声寒,夜阑珊,怕人寻问,咽泪装欢。瞒!瞒!瞒!

两首《钗头凤》,一首是在游园中陆游偶然见到离婚后的前妻唐琬写的,另一首是唐琬读了陆游的《钗头凤》后写下的。

"红酥手，黄縢酒，满城春色宫墙柳"，他们离婚十年后在游园中遇见时，唐琬礼遇在先，唐琬与丈夫商量后，遣仆人送酒菜与陆游。陆游的词开篇"红酥手，黄縢酒"，红酥手，指代唐琬；黄縢酒：以黄纸封口的酒。"满城春色宫墙柳"，指他们相遇的沈园的景色和时间。看到唐琬，偶然与离婚的爱人相遇，陆游禁不住回忆起他与唐琬曾经的美好生活：我们曾经在春天里来这里郊游，你红润细软的手，给我斟酒，记忆犹新啊。

"东风恶，欢情薄。一怀愁绪，几年离索"，想到往昔的爱人相见时却是别人的妻子，为了躲避闲话现在见面连话都不能说，只能悄悄地回避，面对满城春色和往昔的爱人送来的酒菜，还有她美丽依旧的身影，陆游的心情无比悔恨："错！错！错！"；因为世俗人情，他与相爱的人被迫分开，"东风恶，欢情薄。一怀愁绪，几年离索"，人虽然分开了十年，但满怀思绪和悲愁并不因时间的逝去而消失，触景生情，此时，陆游的心情激动万分，想倾诉、想痛哭，为被迫分离的爱人。

"春如旧，人空瘦，泪痕红浥鲛绡透。桃花落，闲池阁。"浥：沾湿。鲛绡：代指丝帕。想到唐琬日夜以泪洗面，看到唐琬越来越消瘦的面容，但是自己却无能为力，连一句安慰的话都没有说，也不能说，更大的悔恨和悲情接踵而至。"山盟虽在，锦书难托。莫！莫！莫！"锦书：写满相思的情书。我们曾经对爱情的许诺记忆犹新，但是满腔的思念不仅不能够对你诉说，连写封信安慰一下也是不可能的。想到封建礼教的威权，公然冒犯它将会面临生命和荣誉的双重危险，陆游满腔悲愤和思念化成长叹：莫！莫！莫！（不行，不行，不行啊）。

耳闻目睹时下许多夫妻离婚的是是非非，相比之中，陆游、唐琬离婚与现在离婚的夫妇有相同之处——婆媳关系不和睦，唐琬的婆婆不喜欢这个媳妇。但婆婆的理由很有时代特色，觉得夫妻太恩爱会妨碍儿子的仕途，决定要休掉唐琬为儿子另娶。在礼教盛行的传统社会，大丈夫陆游没有违背母意，屈从了传统，再娶新人，唐琬也改嫁他人。

一对离婚的夫妻，分手十年后游园时的偶然相见，竟引得两人思绪万千，满怀悔恨的愁绪，留下了千古传唱的名篇。

这是记叙一段悲剧的词。从唐琬的词中，每一句读到的都是与陆游一样的悲伤。

唐琬悲的是虽然花开花落，但世俗人情不变，"世情薄，人情恶，雨送黄昏花易落"；伤的是以前的恩爱随落花而逝，往事不会再现，"人成各，今非昨"；悲的是自己思虑成疾，恐时日不多，"病魂常恨秋千索"；伤的是心事不能对爱人倾诉，还要在别人面前隐瞒。"晓风干，泪痕残，欲笺心事，独语斜阑"，"角声寒，夜阑珊，怕人寻问，咽泪装欢"。

相思成疾却不能对思念的爱人说还要对别人强颜欢笑，对以家庭为唯一支柱的封建时代的女子来说，那真是无法排解、无法避免的悲剧——唐琬因哀伤愁思过度，写下《钗头凤》没多久，因病去世。

唐琬的词不仅是悲伤，也让我们读到了她的才气和女德。在悲伤之外，我们看到的是一位女子对有共同见解、共同爱好、共同语言的爱情的坚守和向往。如果她不是这样的悲伤，而是随遇而安，她再嫁的丈夫也家境殷实，生活衣食无忧，不也可以有一番新的生活天地吗？

但"两情相悦"怎能随意安放、任意再生？否则人生以及文学作品将会失去多少精彩，有多少故事失去了流传下去的可能性。偏执，或者执着，那正是人的一点点看得见的特性，特别是对爱情、对自己喜爱的事情的偏执或执着，这是文学和人性共同的关注。人们如果体会不到与自己有些相同的心情和境遇，怎么可能去读、去传诵、去不断创造这些呢？

　　站在这样的角度，不能不对唐琬心生敬意。在妇女没有经济独立的境况下，她不能不再嫁为人妻，她不能不屈从长辈的安排，在那样的社会体制下，女人的幸福、爱情根本不是第一位的；但是很庆幸，她终于把爱情至上流露出了一次——写在《钗头凤》里，回应了陆游的思念。

　　写《钗头凤》是他们30岁左右的事，之后不久唐琬因心情忧郁早逝。但是，陆游的思念并没有随唐琬病故而消失，晚年陆游多次到沈园悼亡，下面《沈园》两首诗是陆游75岁时重游沈园（在今浙江绍兴）写下的悼亡诗，随着这两首诗流传的，也是他们感动了人们近千年的爱情。

沈园二首

陆　游

城上斜阳画角哀，沈园非复旧池台。
伤心桥下春波绿，曾是惊鸿照影来。

梦断香消四十年，沈园柳老不吹绵。
此身行作稽山土，犹吊遗踪一泫然。

　　"伤心桥下春波绿"中"春波"一词，指春天的水，表明在爱人唐琬离开人世已经四十余年后，还是在春天，男主人又来到了他们以前相遇的地方寻找曾经留有芳踪的旧池台，虽然还有春色、春波、宫墙柳，但是，"沈园非复旧池台"，非复，不再是。岁月远去，流年转换，沈园的景物变得已不是从前的样子了。

　　"城上斜阳画角哀"，斜阳洒在静静的沈园，听得到远处城楼凄厉的号角声，男主人静静地走在沈园的小路上，寻找着旧时的青春，寻找着对故人的回忆。

他找到了吗？

他找到了——在一座桥上。

"伤心桥下春波绿，曾是惊鸿照影来。"曹植《洛神赋》中用"翩若惊鸿"形容凌波仙子的倩影，惊鸿，后来用来形容女子的姿态轻盈，本句里代指唐婉。呵，这桥下波光粼粼的绿水，曾经映照过她美丽的影子啊。——男主人找到了以前曾经映照过女主人身影的流水。

在伤逝的幻觉里，男主人还在继续寻找，继续与自己逝去四十年的爱人对话。

"梦断香消四十年，沈园柳老不吹绵"，"香消玉殒"是古代比喻美女死亡的雅词，此处指唐婉离开人世；吹绵，飘柳絮。四十年了，很久了，那些曾经点缀满城春色的杨柳，也仿佛老得不会再开花飞絮了。

"此身行作稽山土，犹吊遗踪一泫然"，稽山，会稽山，在现在的浙江绍兴；遗踪，留下来的旧痕迹；泫然，流眼泪。四十年了，很久了，我也快死了，葬在会稽山下，就要变成泥土，可是，一看到沈园的这些情景，想到我们被分开的那些往事，我还是忍不住伤心流泪。

写前面两首《钗头凤》的时间是 1155 年，写这两首《沈园》的时间是 1199 年，陆游 1210 年春天去世，他的最后一首诗是《示儿》：

死去原知万事空，但悲不见九州同。

王师北定中原日，家祭无忘告乃翁。

这是我们熟悉的陆游悲壮激昂的爱国诗，当我们再读他写的那些沈园诗篇时，他的儿女情长、他对初恋至死不渝的怀念，让我们感受到唐琬爱上的是多么优秀的男人。

少年时代第一次读到这些沈园诗篇时,像经典电影一样给笔者留下了非常深刻的印象,陆游和唐婉的故事从那时起一直刻印在脑海。看多了这样的故事,渐渐明白一个道理:人生多是不如意、不圆满的,但是在不如意、不圆满的人生中有些东西可以坚持不懈地追求,比如理想。

宋代的女人不仅有文采,在词中读到更多的是能歌善舞。比如那位"舞低杨柳楼心月,歌尽桃花扇影风"的女子,能使月亮低头窥视她的舞姿,能使清风不动听她的歌声。

鹧鸪天

晏几道

彩袖殷勤捧玉钟,当年拼却醉颜红,舞低杨柳楼心月,歌尽桃花扇底风。

从别后,忆相逢,几回魂梦与君同,今宵剩把银釭照,犹恐相逢是梦中。

"彩袖殷勤捧玉钟,当年拼却醉颜红,舞低杨柳楼心月,歌尽桃花扇底风"中"彩袖",此处指代词中作者想念的那位女子;玉钟,精美的酒杯;拼却,甘愿。词下片中的"剩",尽量之意;釭(gāng),灯。

回忆当年,与你相见时的柔意蜜情那是多么令人难忘的一幕:那天傍晚我们相会直到月落夜半,在杨柳掩映中的酒楼。你穿着亮丽的裙子,彩袖飘飘,捧着酒杯慢言细语,唱起歌跳起舞来又是那样纵情欢快,听到你娇媚的歌声、看到你优美的舞姿,连月亮好像都不下落而被你的舞姿吸引停在柳树中。兴高采烈的我不停地喝酒,喝到满脸醉红也心甘情愿，我手中的桃花扇扇个不停，但是似乎没风，因为风儿也被你的歌声所吸引停止了。

在漂泊的人生中，那真是令人刻骨铭心的一夜，分别后让人久久难忘。"从别后，忆相逢，几回魂梦与君同"，我以为浪迹天涯，不可能再遇到你了，总是在梦中回想起这些。

没想到今天我们又能够异地重逢，"今宵剩把银釭照，犹恐相逢是梦中"，我把灯开得大大的，看着你美丽的容颜，一股惊喜涌上心头，我今天真的不是在做梦了吧。

读完这首词，真是让人感叹宋代才子佳人多艺、多情——女子温柔美丽、能歌善舞，才子一见钟情，且难以忘怀，留下"舞低杨柳楼心月，歌尽桃花扇底风"的千古佳句。

琵琶与筝是那个时代女性表演的常用乐器，古诗词中对演奏琵琶与筝的女性的描述也非常具有美感。

剪牡丹·舟中闻双琵琶

张　先

绿野连空，天青垂水，素色溶漾都净。柳径无人，堕轻絮无影。汀洲日落人归，修巾薄袂，撷香拾翠相竞。如解凌波，泊烟渚春暝。

彩绦朱索新整，宿绣屏、画船风定。金凤响双槽，弹出今古幽思谁省。玉盘大小乱珠迸。酒上妆面，花艳眉相并，重听。尽汉妃一曲，江空月静。

在这首词中，词作者似乎先写了许多与音乐无关的景、物，下片中才写到弹琵琶："绿野连空，天青垂水，素色溶漾都净。柳径无人，堕轻絮无影。汀洲日落人归,修巾薄袂,撷香拾翠相竞。如解凌波,泊烟渚春暝。"但是,联系整首词舟中闻琵琶的意境,把这些景物描写看成是词作者听琵琶时的想象和感觉更有诗意:琵琶弹出的委婉的乐声使我们看到了那样一幅水景——在宽阔的江面上,远远望去"绿野连空,天青垂水,素色溶漾都净",岸边一片碧绿,一直延伸到天际,天空的青色在远处与水面相接,天蓝、水清、草绿,大地一片宁静;那琵琶轻柔的和弦,使人想起阳光照耀下的那些安静的杨柳树,微风吹过时轻絮飘舞,微暗的树荫中依稀看见飞絮游荡回转,一转眼又无声无影,"柳径无人,坠轻絮无影"。

琵琶声引得作者继续联想:在那样的江边,在那样的树林旁,时光和飞絮一样无声无影地游荡,渐渐地太阳下落了,渐渐地有了人动的声音——"汀洲日落人归,修巾薄袂,撷香拾翠相竞。如解凌波,泊烟渚春暝"。"修巾薄袂"中,修,指长的巾带;薄袂(mèi),薄薄的衣袖;撷(xié),拾起;"凌波"即踩水而行。看,晚霞中那些外出采花的姑娘归来了,她们的长巾薄袂随风飘举,一路欢声笑语中相互争着比着各自收获的花草,踏上了回家的船,她们的身影渐行渐远,有如水上仙女凌波而去那样。

江上烟水迷蒙,日落春暝。但是江边泊着灯火摇曳的船,天上月亮出来了,而且船上有美女——"彩绦朱索新整,宿绣屏、画船风定",春江花月夜来临了。

"金凤响双槽,弹出今古幽思谁省。玉盘大小乱珠迸。酒上妆面,花艳眉相并,重听。尽汉妃一曲,江空月静。"下片中"彩绦朱索",指五颜六色的彩带,借指美人身上的衣饰。"金凤",曲名,也代指琵琶。"槽"是琵琶上架弦的格子,"响双槽",这里指两把琵琶同时弹奏。"玉盘大小乱珠迸"句同白居易《琵琶行》"大珠小珠落玉盘"的诗句，用以描述琵琶声的跌宕起伏——高昂处如急风暴雨，低回处如儿女私语，令人耳不暇接。

词的下片这几句是直接写弹琵琶的人以及她给观众带来的反映。她"金凤响双槽，弹出今古幽思"，弹完一曲，听众喝彩，被"粉丝"相邀喝酒，"酒上妆面，花艳眉相并"，酒后脸红带醉意，人像花一样艳丽。

在客人的邀请下，琵琶女又弹奏了一曲《昭君怨》，"重听。尽汉妃一曲"。曲终时，"江空月静"，观众还沉浸在昭君远走他乡、思念故土如泣如诉的乐声中……

整首词中的琵琶声在白天"绿野连空，天青垂水，素色溶漾都净"般宁静中开始，在夜晚"江空月静"中结束。

上千年后，我们品读《舟中闻双琵琶》，琵琶声似乎总在耳边萦绕，余味无穷。

菩萨蛮
晏几道

哀筝一弄湘江曲，声声写尽湘波绿。纤指十三弦，细将幽恨传。

当筵秋水慢，玉柱斜飞雁。弹到断肠时，春山眉黛低。

"哀筝一弄湘江曲，声声写尽湘波绿"中"哀筝"，形容筝声的低沉；"一弄"，即奏一曲；"湘江曲"，曲名；"写"，这里也是指弹筝，借指筝声弹出了动人的音乐形象。"哀筝"中的音乐显然不是欢快的，低沉的乐曲回荡的是忧伤——"纤指十三弦，细将幽恨传"。

"当筵秋水慢，玉柱斜飞雁"，"当筵"，指表演场地是在酒筵上，古代演出唱戏的地方一般是勾栏瓦肆（像今天的戏院），另外就是公私宴会；"秋水慢"，形容乐曲速度较慢，平稳如秋水，"慢"，也使人想象到那位表演的女子凝神弹筝的样子；"玉柱斜飞雁"，筝上一根根弦柱排列成斜行，犹如秋日天空的雁阵。古诗词中飞雁也常与离愁别绪相连，使读者进一步联想到低沉的筝声中表达的幽恨。

"弹到断肠时，春山眉黛低"中"春山"，形容那位演奏的女子悲伤，像山一样弯弯隆起了双眉；女子凝神细弹，开始表情从容沉静，但随着乐曲进入悲伤高潮境界，她自己也情不自禁伤心起来。

这首词写弹筝，写弹筝女纤细的手指拨弄琴弦，仿佛直接让人听到了低沉的筝声哗哗，似是湘水清澈碧绿荡漾的波纹，那波纹中"细传"着幽恨。这凄凉和悲哀的琴声不断引得听众凝神静听，也使弹筝女自己被感动，泪水盈盈，曲终时伤心肠断，隆起双眉低下头，久久不肯抬起来。

全词以"哀筝一弄湘江曲，声声写尽湘波绿"开篇，到"弹到断肠时，春山眉黛低"结束，不仅让我们听到了回荡飘忽、低沉哀怨的筝声贯穿全篇，一位哀艳动人的才女也跃然纸上。

宋代有很多像这样的女性以习得一技之长而著名。

《宋代市民生活》这本书中专门讲到女性中具有一技之长的佼佼者。比如宋代的女伎，那些技艺超群的女伎可与今天的大明星相提并论，融舞蹈、武技等艺术为一体，吸引了大批观众，其中的佼佼者拥有众多的崇拜者，有的崇拜者甚至死后也盼望听她们唱戏——在自己墓葬的雕砖上雕刻其艺人的演出画像作为陪葬品，这是有当代出土文物为证的真实事件。

那些以刺绣为业的女子和尼姑，其中的佼佼者凭一花一蝶一草的绣品不仅可以赚钱养家糊口，其针线功夫还令王公贵族倾倒，令文人妙笔生花，"斜枝嫩叶包开蕊，唯只欠馨香，曾向园林深处，引教蜂乱狂蝶"[（宋）无名氏《眼儿媚·深闺小院日初长》]。

还有，宋代的厨娘，其中技艺精湛者，做菜"芳香脆美，济楚细腻"，其美味难以用言语形容；做人，"举止有规矩，言行不卑不亢"。

《宋代市民生活》中讲到有位厨娘，应聘到太守家上班时，她做事与做官的一样讲究礼节，厨娘正式上班之前先派人送亲笔楷书书信交与太守，就应聘有关事宜以及工作原料供应等事务与雇主先行文字交流、沟通，取得雇主认同和尊重，为下一步工作顺利开展做好准备。

这些流传于史料中的真实女性，在书中并未见提及她们的才能是先天赋予的。有许多史料记载宋代的时俗是重女轻男，父母重视女儿的家教，有书载，（宋）"京都中下之户，不重生男，每生女则爱护如璧珠"。

这样看来，在家长的引导和支持下，她们苦练成才，这跟现代美国学者研究的最新结果一致。

苦练而不是遗传即可造就天才，是美国遗传学作家戴维·申克在新著《每个人身上的天才》中提出的新观点。他认为，人的DNA并不是固定不变的设计图，不断会受到外在因素的影响，遗传因素可能有效，也可能无效，或部分发挥作用。他的发现告诉人们可以换个思路看人的才能，即数学、音乐、演讲等才能并不都存在于人们认为的天才当中，从生物学的角度讲，这些也存在于每个人的基因中，但不能过高估计遗传因素的重要性，忽视自身潜力。

苦练即可造就天才，有科学研究的根据。

女人苦练成才可以获得除了养儿育女做家务以外的精彩。

词中红颜的故事带给我们这样的启示。

但是,由于"君为臣纲、夫为妻纲、父为子纲"的约束,那个年代的女子没有法律赋予的独立地位,没有家庭依托的职业妇女,其结局大多凄凉,下面这首《山亭柳·赠歌者》讲述的就是红极一时的歌女因年长色衰而遭弃绝的故事。

山亭柳·赠歌者

晏　殊

家住西秦,赌博艺随身。花柳上,斗尖新。偶学念奴声调,有时高遏行云。蜀锦缠头无数,不负辛勤。

数年来往咸京道,残杯冷炙漫消魂。衷肠事,托何人?若有知音见采,不辞徧唱阳春。一曲当筵落泪,重掩罗巾。

"家住西秦,赌博艺随身",西秦,今陕西西安一带,古代属于秦国;古语也有"歌者出西秦"的说法。联系后面"数年来往咸京道"的句子,"家住西秦"是指歌女住在陕西附近。"赌"是比赛竞争之意。这两句是歌女述说自己出身于音乐之乡,从小就受到艺术的熏陶,加上多年的辛劳练就一身能歌善舞的技艺,才华出众,不怕与人比赛竞争。

"花柳上,斗尖新。偶学念奴声调,有时高遏行云",仍然是歌女自述。"花柳"代指歌舞艺术、才能技巧,也有指代出入豪门富家等时尚演出宴会之意;"斗",仍是竞赛之意;"尖",是高处,是过人之处;"新",指在事业上创新,不陈陈相因。"花柳上,斗尖新",这是歌女说自己在艺术上用心、刻苦,参加各种高端、时尚的演出,学习最流行的东西,使自己的表演新颖独创、不流俗。

她的表演如何新颖独创、不流俗？有多么美、多么动听？具体形象地说就是：随便唱一唱唐朝的经典名曲，就能让天上的行云停住、聆听。"偶学念奴声调，有时高遏行云"，"偶"，随便之意；"念奴"是唐天宝年间有名的歌女；"高遏行云"，使天上的流云凝止不动。

她的表演如此精彩，令众人倾倒，曾经博得无数的赏赐。"蜀锦缠头无数，不负辛勤"，"蜀锦"，是四川产的丝织品，当时的名牌。古时歌女多以锦缠头，观者多以罗锦作为对其的赏赐，因此"缠头"代指赠予歌女的财帛。"花柳上，斗尖新。偶学念奴声调，有时高遏行云……"这几句，每一句回忆的话后面，都有一种反衬对今天的失意不平的味道。

"数年来往咸京道，残杯冷炙漫消魂。衷肠事，托何人？""衷肠事"，内心的事，终生相托的大事。这几句是对现今失意受冷落境遇的感慨。多年的打拼，所有的热闹、繁华转瞬即逝，当我年岁渐长时，新人辈出，当年得意之时的满堂彩声变成眼下的凄清冷落，独立江湖面对"残杯冷炙"，想找一个诉说知心话的人都没有。

"若有知音见采，不辞徧唱阳春"，采：选择、接纳；徧（biàn）同"遍"；阳春，古代歌曲《阳春》《白雪》很难，一般人不容易学会。假如遇到一个欣赏我的知音，那么我将唱尽那些高雅的名曲，把一切最美好的东西都奉献给他。

但是"若有知音见采"中"若有"其实是无，现实中知音难觅。所以结果只能是"一曲当筵落泪，重掩罗巾"。

"重掩"，多次流泪，多次擦干。讲述者内心悲哀，但时时要强作笑颜，令人感到其悲哀深重。

当时本词作者晏殊被贬陕西，与失意受冷落的歌女"同是天涯沦落人",所以作者对歌女的境遇感同身受,记述生动。

2. 说话得体

词中红颜说话慢言细语的方式很有古典特点,将她们的这些温婉的特点作为一种待人处事的礼仪来看,对增加生活的乐趣、增强与人的沟通不无裨益。

少年游
周邦彦

并刀如水,吴盐胜雪,纤手破新橙。锦幄初温,兽烟不断,相对坐调笙。低声问:"向谁行宿,城上已三更。马滑霜浓,不如休去,直是少人行。"

并刀,指并州生产的剪刀。并州,是山西省太原市的古称。当地所产的剪刀,刀口犀利,样式大方,坚固耐用。并刀,相当于现代四十岁以上的人小时候还听说过的"张小泉""王麻子"名牌剪刀一样,是宋代以来至金、元、明、清时期流行的名牌剪刀。据史书记载,现代太原的大小铁匠巷、大小剪子巷,在宋代是生产并州剪刀的集中地。由于太原地区是历代皇朝冶炼钢铁的重要基地之一,再加之当地剪刀制作技艺精选、淬火后的冷却工艺有独到之处,使得古代并州剪刀质地优良、名播四方。而且,也是在宋代,剪刀发展史上有了重大进步,改革了以前像镊子一样的剪刀制作工艺,剪刀的形状变成了与今天大致相同的样子,使用了有支轴的剪刀工艺技术,使剪刀用起来轻便省力。

吴盐,一种有名的盐,江苏一带古时属吴国,那一带产的盐称吴盐。

在词中，我们首先看到的是一位女子娇小柔软的手和水果以及切水果的刀的特写：用如水般晶亮的剪刀，纤纤玉手正在切开新鲜的橙子，旁边还有如雪般细腻的白盐当配料。作者只是用三句、十三个字"并刀如水，吴盐胜雪，纤手破新橙"，让读者似乎感觉到橙子的香味、新鲜的酸味，还有那美女的手，有名的盐，做工精细的刀，以及鲜花、美酒的氛围。

历来，"并刀如水，吴盐胜雪，纤手破新橙"是被人传诵的名句。就像"红颜"代表美女，"纤手"也让人即刻联想到娇柔的美女，"玉盆纤手弄清泉，琼珠碎却圆"（苏轼《阮郎归·初夏》）一句中，写到"纤手"拨弄清泉，那溅落到荷叶上的碎水滴也变得珠圆玉润，活泼可爱。"纤手破新橙"中也一样，"纤手"的主人想必是如手一样柔美的女性，还有新绿的橙、雪白的盐这些颜色光亮、内容新鲜，无论何时何地总是人见人爱的东西。

况且，此时周围的环境也是如此温馨，"锦幄初温，兽烟不断"。幄，帐。兽烟，兽形香炉中发出的细烟。尽管夜深沉，室外一片严寒，气温不断下降，但室内香气袅娜，华丽的窗幔拉下来，没有寒冬的感觉；室内的两个人不只是吃东西，他们有讲不完的话，在音乐上也是互为知音，"相对坐调笙"，边吃橙子，边欣赏音乐，气氛融洽、琴瑟和谐。

约会的时间不知不觉过得飞快，人不能不睡觉啊，女主角想劝对方留下来，她"低声问：'向谁行宿，城上已三更。马滑霜浓，不如休去，直是少人行'"。谁行，哪个地方。直是，就是。女人低声问道："已经半夜三更了，到哪个地方住不都是住吗？外面夜深，霜重寒气大，路上连马都打滑，也见不到一个人影，今晚就不要走了吧。"

据说这是周邦彦写著名歌女李师师与宋徽宗约会的一个场景。撇开周邦彦、李师师与宋徽宗的故事，单就词中"低声问"几个字，最令人浮想。

"低声问"句，让人看到的是温柔体贴的恋情，含而不露的风情。这个女人太会说话了。如果她以会音乐、好招待、有姿色为资本，对喜欢自己的男人偶尔"发号施令"一下，要他留下来陪自己未尝不可，过去和现在，许多人都会这样，现在时兴的"野蛮女友"比发号施令更过。但是，她没有，她只是低声，只言片语地说，此时离开这里的不利之处，天气不好，路滑。所以，还是留下来好。

不管说什么，只要她是低言细语，少说多听，大多时候她就能打动对方的心。

把自己分内的事做好，低声说话，不会比别人差。生活低调也是一种平实、和谐。

"会叫的鸟有食吃"，现代竞争社会竞争时会有用。但低声说话，而不是高声强调、辩解，在平常的环境，不是特殊情况的场所，对人也很有利。

细言慢语，有时常常给人的印象是妇女受压抑，但是，细言慢语也可以是生动活泼的。比如下面这首词中的少女。

点绛唇

李清照

蹴罢秋千，起来慵整纤纤手。露浓花瘦，薄汗青衣透。

见客入来，袜刬金钗溜，和羞走。倚门回首，却把青梅嗅。

前面在《词中清明》部分已经品读过这首词，是从游戏的角度，看游戏秋千的诸多意义。从待人处事的角度看，这首词同样很有感染力。这首词体现了李清照年轻时的词风，明快、清丽。虽然词中的少女没有开口讲话，但她纤纤素手，轻纱罗裙，金钗长发，在清晨带露的花丛中打秋千，客人来了时，她忙不迭地回避，但在进屋之前，又"倚门回首，却把青梅嗅"。少女的天真生动，跃然而现；就现在来看，也让我们见识了古典女性的含蓄美。

与同时代的女性比，词中少女的举动已经够大胆了，虽然她遵从当时的礼仪规范没有与客人交谈，但是她在回避异性的同时，却忍不住偷看对方，看见客人进院了，她慌忙停止打秋千的游戏，拖拉着鞋袜，拿着头上掉下来的钗子跑向屋里，但在进门的那一刻，做出了一个动作，"倚门回首"，又看了一眼上家里做客的男性，却假装是嗅青梅。

有时候，无言也是一种得体的美。

其实，因为宋代经济发展、社会风气的开放，在宋词中我们可以看到很多活泼开朗的女性，她们用委婉的话语表达自己的感情，但又充满幽默风趣，比如这首《南歌子》中的新嫁娘。

南歌子
欧阳修

凤髻金泥带，龙纹玉掌梳。去来窗下笑相扶，爱道："画眉深浅入时无？"

弄笔偎人久，描花试手初。等闲妨了绣功夫，笑问：鸳鸯两字怎生书？

词的开头是一位刚梳妆好的女子："凤髻金泥带，龙纹玉掌梳"，她盘起的头发高如凤凰，上面结着金色发带，斜插着雕龙的玉梳，美不胜收。女为悦己者容，她如此精心装扮，因为有爱人"笑相扶"，陪伴着她，她与爱人正是新婚，两情依依、亲密无间，相依相偎在窗前谈笑聊天。说着话，新娘突然笑一笑，低声问丈夫："看一看，我化的妆时不时尚啊？"

醉翁之意不在酒，新娘这样提问，意在提醒对方注意自己的娇美，想获得对方更多的关注和爱的表白，女性听自己钟情的男性说出的情话再多都不会觉得腻味，她希望夫婿多对她倾诉衷肠，所以用这样活泼的话语来打动对方。

此时，这位娇美可爱的新娘还有话要提醒夫婿，但她没有马上接着说，而是"弄笔偎人久"，先让夫婿高兴了再说。

她依偎在爱人怀里，玩弄着描绘花样的毛笔，似乎想在绣花布上画出别出心裁的图案，但是，她此刻的心思又静不下来，爱人在身边，言谈正欢，女红只是顺手拿着的物件，不必在意耽搁了刺绣的时间，关键是她还有重要的话没有说完，要抓紧这美好的时光留住丈夫的心。

她在画布上涂抹着，撒娇似的又问道："鸳鸯两个字怎么写啊？"

这是女子提醒丈夫要牢记新婚燕尔时的誓言。鸳鸯双双对对生活在一起，朝夕不离，这也是我希望的家庭生活啊，但愿我们现在这样的幸福长长久久，我们俩像鸳鸯一样永不分离。

这位女子说的是从古至今相爱夫妻新婚时的共同心愿，但是从词里看到，她很会把握说话的时机，最后才说出藏在心底的话——她是在精心装扮后，在窗下相拥、低声言笑、弄笔偎人、描花试手等许多活动中，想着在一个合适的时刻，把心里的话用轻描淡写、天真活泼的语气说出来。

读到这些词，总是想起老话里对女性的赞美，说话得体非常重要。

怎么得体,词里的女主角给我们作出了示范。

在今天这个时代,城市绝大多数家庭都是独生子女,很多的家庭四个大人或者更多的大人围着一个小孩转,娇惯使得一些小孩养成唯我独尊、随心所欲的个性。他们长大了也像"皇帝""公主"一样为人处世,对人讲话像小时候在家里一样无所顾忌、找不到分寸,难以融进群体和社会。

在对封建时代"男女授受不亲""男尊女卑"这些极端禁锢人性的东西摒弃的同时,现在社会上又兴起学古典文化的热潮,家长希望自己与孩子一起接受一些传统礼仪和道德,以便待人处世更有涵养,家庭和工作更和谐。

从传统礼仪看,中国人讲究含蓄美,特别是女性,在家里见到陌生人要求回避,更谈不上多话。就"不多话"来说,有时候对女子的确是一种保护,不全部是消极的作用,以社交为例,先观察对方,慢慢了解,如果觉得是值得交往的人,再讲话完全不迟。

在刘辰翁这首词中,我们看到女人说话得体如何使爱人在分别后念念不忘。

山花子

刘辰翁

此处情怀欲问天,相期相就复何年。行过章江三十里,泪依然。

早宿半程芳草路,犹寒欲雨暮春天。小小桃花三两处,得人怜。

"此处情怀欲问天,相期相就复何年。行过章江三十里,泪依然。"

"此处",即此时;"章江",江的名称,此处指词作者与爱人分别的地方;"复何年"即在何年。

在章江渡口与爱人分别后船已经走出30里路了,但是,作者的泪还在流、心还在痛。分别时两人的山盟海誓与现实中的山重水远使词作者思念爱人以至于焦虑,不免要仰天自问:人生为什么要别离,为什么要孤独地闯荡?答案是不言自明的——因为生计,只是爱人分别后不知何时能够再相聚的相思和苦恼逼迫词作者这样明知故问。

"相期相就复何年",也许一别就是两地长久的相期相望。人的感情不是流水,却似流水般抽刀断水水更流,离别使相思情更浓,走了30里路还是满怀情愁,以至于词作者情不自禁到对老天爷呼喊,"此处情怀欲问天"。

在"早宿半程芳草路,犹寒欲雨暮春天"两句里,我们可以意会到让词作者如此思念的女主人对作者说的话:路上小心,行半日路程,就不要再赶路了。要早点找到住宿的地方,注意安全第一,在这"犹寒欲雨暮春天"里,出门在外更要注意休息、保重身体。

"小小桃花三两处,得人怜","得人怜"三字既是景语也是情语,这里词作者把桃花想象成他意中人的化身。他一边目睹芳草遍野的暮春天气,一边想着爱人的嘱托,心中一时充满无限惆怅之情。但是,看到路旁的桃花闪烁,也使词作者增添了一些欢喜,它就像远方的爱人一样使他怜爱:我也要打起精神,不要使她担心,要各自珍惜。

这首词起先是写伤心,"行过章江三十里,泪依然";中间是迷茫,"犹寒欲雨暮春天";后来是"小小桃花三两处,得人怜"般的轻松解脱,主要是因为忘不了爱人的叮咛和嘱咐,"早宿半程芳草路"。就是这么简单的话,在两情相悦的人之间却是这么中听,可以使爱人的情绪波澜起伏。

如果喜欢一个人，不一定要知道他每时每刻在干什么，但是要有法子使他时时牢记曾经对他的关心，那也很好，就像这首词里的那句"路上小心！行半日路程就不要再赶路了"（早宿半程芳草路）。

除了说关心鼓励的话，做一些用心、细心的事，当然更是得体。传说柳永的妻子倩娘常常听柳永读词，见柳永没有留底稿的习惯，便在"女红之余则悉觅之"，将听到的柳永词默默背记并书写成册，起名叫《乐章集》，还为该书写了题序，说明丈夫词写得好："常有佳句，振荡人心"，"余夫所作虽多绮语，却含义深沉，如'衣带渐宽终不悔，为伊消得人憔悴'之句，不知者谓其冶艳，知之者则知为渠于词坛之心力……"

后来，倩娘因小产不顺早逝，柳永清理遗物时发现她的手稿《乐章集》，读后哀伤至极，以至于想结束自己的生命随倩娘而去，被及时赶来探视的朋友发现，才自杀未遂。

倩娘走了，但是，她留给柳永一本《乐章集》，与《乐章集》一起留下的是柳永对她无尽的怀念。

从这样的角度看柳永"游戏青楼，直把群妓当倩娘"的浪子生活，那里面多少包含着寻找倩娘无果、仕途失意的无奈；游走在市井之间的柳永，成为代表那个时代的流行音乐标志，在词的创作上成为硕果累累的大树，没有对生命真挚的感悟和深沉的感情，这些东西怎么出得来？

有评论认为"从政不通而寄情山水的只有李白与陶渊明，为政不顺而专司文心的只有苏轼与白居易，柳永是得意尽欢、失意欢尽的人"，看看柳永被妻子感动之举以及青史留名的功绩，对古代文人的评价，总认为这样说柳永有些偏颇。

3. 淡妆、罗裙、柳腰身

记得同事讲过一句牢骚话：还是唐朝好，不用学英语，不用减肥。是的，肥胖正在成为现代人的常见病。现代人生活水平提高，丰衣足食，又加上快节奏的生活方式，快餐、各种各样的饮料、熬夜、久坐等，致使肥胖成为许多人的烦恼。

对于女性来说，保持匀称的身材，避免身体过度臃肿，不仅使别人看起来赏心悦目，也为自己减轻生理负担，增加健康和自信心。

在宋词的许多红颜词中，她们肯定是具有外在美的，词中红颜们除了通音律、能歌善舞、受过艺术教育外，她们也是时尚美女，这样的她们才给作者留下了深刻的记忆。比如这首《醉垂鞭》里写到的美女，词作者初见，"双蝶秀罗裙"，飘逸；"闲花淡淡春"，可爱；飘逸、可爱的同时，"柳腰身"，淡妆，时尚的穿着打扮使作者一见钟情。

醉垂鞭

张　先

双蝶秀罗裙，东池宴，初相见。朱粉不深匀，闲花淡淡春。

细看诸处好，人人道，柳腰身，昨日乱山昏，来时衣上云。

张先的《醉垂鞭》这首词中，女主角的所有美感关键来自"柳腰身"——"细看诸处好，人人道，柳腰身"。如果不是苗条细腰，穿上纱质薄裙非常显胖，毫无摇曳飘逸的味道，更引不起作者看到飘飞的裙子而有朦胧的山、飘浮的云般的联想——"昨日乱山昏，来时衣上云"。词作者由飘飞的裙子、裙子上绣的蝴蝶，还看到了秀色如画的春景，"双蝶秀罗裙""闲花淡淡春"；看到她脸上的淡妆"朱粉不深匀";看到她的"诸处好"。她没说什么话,只是随着裙子飘飘而来,但是犹如万紫千红中开放的一朵春花,带着淡淡的春色,幽雅淡定,风韵天然。

她还没有开始弹琴,但是她的举手投足恰到好处。

她给词作者的第一印象就像春色烂漫中一朵别致的花,精致、淡然、摇曳生姿。

看来,好腰身不只是要配罗裙、淡妆才能够美,走路的姿势也很重要,如果是用摇滚式的节奏和动作穿纱裙走路,那肯定给人离奇古怪的感觉,不可能有"双蝶秀罗裙""闲花淡淡春"的韵味。

西江月

司马光

宝髻松松挽就,铅华淡淡妆成。青烟翠雾罩轻盈,飞絮游丝无定。

相见争如不见,多情何似无情。笙歌散后酒初醒,深院月明人静。

这首词记叙了词作者在一次宴会上相识的一位才女,不仅她的才华,还有她的美姿也使得词作者一见倾心,文思飞扬。

"宝髻松松挽就,铅华淡淡妆成"中"宝髻",指女子的发髻;"铅华",化妆用的粉。"青烟翠雾罩轻盈,飞絮游丝无定"中的"青烟翠雾",指青翠色的如烟般的云雾;"飞絮",柳絮;"游丝",指飞扬在空中的蜘蛛或其他虫类所吐之丝。

天下没有不散的筵席,欢乐的时间总是一晃而过。宴会结束了,但是词作者的思绪仍然没有走出来,刚才结识的那位美女总在他脑海里萦回。她松松盘起的发髻、淡淡的妆容以及与绿色园林融为一体的飘舞的纱裙，使她像青烟翠雾般妩媚，像柳絮柔丝般风情，把词作者带入飘飘欲仙、扑朔迷离的境地。"宝髻松松挽就，铅华淡淡妆成。青烟翠雾罩轻盈，飞絮游丝无定"，她的清新、她的言谈是多么了得，那是才艺俱绝的佳人，那是叫人一见倾心的女子啊。

词下片"相见争如不见，多情何似无情"中"争如"即"怎如"之意。夜深了，回到静静的家，作者的酒也醒了，但是没有进屋，因为情绪还留在刚才的那个地方，他独自在庭院里回想。

回想见到她的那些细节、那些情景，她的装扮、她的才学是那么让人难以忘怀，那是一种眷念，也是一种惆怅啊，"相见争如不见，多情何似无情"。

人生为何聚散匆匆？难道情意绵绵那只能是一个偶遇、一段回想？

"笙歌散后酒初醒"，但词作者因为思念心中郁闷迷茫、不知所措，独自面对"深院月明人静"。

本词作者司马光，是我们熟悉的大型编年体通史《资治通鉴》的编撰者，《资治通鉴》是他耗尽毕生心血留下的传世之作，除了这本书，我们也知道许多司马光其他的故事，比如司马光砸缸智救儿时落水的玩伴，少年苦读，大器早成，进士出身（当时的最高"文凭"），官至左仆射兼门下侍郎（仆射即后来的宰相）。但是这首作于笙歌宴饮后的婉约词，让我们见到了他学识丰厚的另一面——率性、真情、雅而不俗。司马光的这首婉约词同许多宋代的婉约词一样，使我们也看到了美女的范本——才貌双全。

4. 对感情的执着

时下,"留守妻子""留守丈夫""留守儿童"之类的词语很流行,讲的是在全球化、城市化浪潮中,一家人因生计而长期分居的状况。其实,古代也有分居现象,只不过那个时候能外出任职的全部是男人,留守的全部是妇女儿童。夫妻长期两地分居,所以古诗词中有很多写思妇、闺怨的题材。在宋词中,有一些思妇词很令人感动的是,她们对感情的执着和坚守,她们不是一味单相思,或者埋怨自己条件不够好被人冷落,在交通不便的条件下她们争取主动与对方沟通,把自己想念家人的深挚感情用书信、寄寒衣等行动表达出来。

那些向爱人大胆倾诉、表达自己思念之情的举动,令人深思。现今流行一句话"爱要说",宋词中这些思妇的行动提醒人们,爱不仅要说出来,爱更要执着、等待。人不是衣服,想买就能买得到合适的,想换就可以随时换掉。人与人遇到时的激情、人与人之间趣味相投形成的默契、心心相印形成的激情那就是执子之手,与子偕老而不悔的一种缘分。

贺铸的多首《捣练子》都是写闺中留守妻子思念远征在外的丈夫的,都是以捣衣、书信为中心,下面是其中的两首。

捣练子(又名《杵声齐》)

贺　铸

砧面莹,杵声齐。捣就征衣泪墨题。寄到玉关应万里,戍人犹在玉关西。

捣衣、砧声代表的是古代妇女家庭生活中的典型场景。

捣衣，妇女把织好的布帛，铺在平滑的石板上，用木棒槌敲平，以求柔软熨帖，好裁制衣服，称为"捣衣"，捶衣的木棒槌称为"杵"；妇女洗衣时以杵击衣，使其洁净，也称"捣衣"。在石头上用棒槌槌衣，以便容易漂洗，20世纪80年代以前中国没有普及洗衣机的时候，这种方式在中国仍然很常见，通常说的家务事"洗衣做饭"，捣衣代表的就是洗衣服。不过，捣衣在古代更重要，手工织出的布经过捣洗后布料更柔软便于制衣，做好的成衣也需要捣洗使其更平软。

砧石，就是棒杵杵衣服的石板，因为经常捣衣，洗衣石像切菜用的砧板一样，反复摩擦，石块表面很光滑，所以捣衣石被称为"砧石"。

气候转凉的秋冬时节，或者年尾岁末，赶制换季的衣服的时候，捣衣是一种平常的家务劳动，也成为留守女人引发相思、寄托相思的家务事。

月下捣衣、风送砧声，代表的是居家生活中经常出现的场景，代表的是一个勤劳贤惠的主妇、温暖的家，所以洗衣不仅引发留守妇女的思念，对外出的人而言，月下捣衣声也容易引发思乡之情。在古典诗词中，寒冷天的砧杵声又称为"寒砧"，往往表现征人离妇远别故乡的惆怅情绪。许多文人都在诗词中表达过这种情绪："长安一片月，万户捣衣声。秋风吹不尽，总是玉关情。何日平胡虏，良人罢远征？"〔（唐）李白《子夜吴歌·秋歌》〕；"玉户帘中卷不去，捣衣砧上拂还来"〔（唐）张若虚《春江花月夜》〕；"断续寒砧断续风""数声和月到帘栊"〔（宋）李煜《捣练子令》〕；"又是重阳近也，几处处，砧杵声催"〔（宋）秦观《满庭芳·碧水惊秋》〕。

本词也是先从捣衣和杵声写起。"砧面莹，杵声齐"，"莹"，捣衣石被反复使用，表面磨得光洁晶亮；"齐"，指用木槌均匀地有节奏地逐次捶击布帛。为了给远在边关的丈夫寄寒衣，留守少妇从收割忙到织布，下了织机，忙裁剪；为了使做成的新衣服更熨帖、更舒适，她正在完成捣衣这个重要的环节。眼看着年关将近，又是一年过去了，但分居这种孤独、寂寞的日子离结束还遥遥无期。她不停地杵衣，万杵千砧般忙碌，是想把思念分散在洗衣服的忙碌上，还是想把相思而不能相见的思念之情溶化在这忙碌之中？

两者兼而有之吧，她把这种情思和感慨写成信，与征衣一道寄出去。

"捣就征衣泪墨题"，"捣就"，就是"捣成"。思妇把收拾好的征衣打好包裹，然后和着泪水研墨写信，再把亲人的姓名，题写在要寄出的征衣的封套上。

"寄到玉关应万里，戍人犹在玉关西"句中的"玉关"，即玉门关，但此处不一定是实指，只是表明边关之远；"戍人"即戍边的征人。玉门关已是万里之遥的荒远边关，而丈夫所驻扎的部队的位置比玉门关还远啊。和着深情眼泪写的信、千辛万苦做的衣服什么时候才能寄到呢？少妇在担心。

捣练子（又名《望书归》）

贺　铸

边堠远，置邮稀。附与征衣衬铁衣。

连夜不妨频梦见，过年惟望得书归。

给远方的丈夫捣衣、制衣、寄衣后，少妇仍然在担心，因为除了"边堠远"，而且"置邮稀"——邮寄不方便，北方的气候冷得早，如果冬天都来临了，寄出去的衣服还来得及到他手上吗？

"边堠远"中"边堠",边境上瞭望敌情的土堡,即边境驻扎军队的哨所,也就是词中"征人"戍守的地方。"置邮",古代的邮递工具和设施,驿车、驿马、驿站等,古代马递为置,步递为邮。

"附与征衣衬铁衣",驿车少,难得有机会见到驿使,好不容易有驿使来了,除寄信之外,还附上赶制的新衣,有它衬里,天寒地冻的季节征人披上铁甲时便会感觉到一些温暖了。

如果他收到了衣服,他肯定会睹物思情,会想到我们在家乡一起的日子,想到家里的老小,想到临分别时叫他写信回家的叮嘱吧?

但是,不知有多少次期待没有实现,不知有多少次热望又变成失望,少妇很清楚,在边疆不太平的日子盼望征人早日归来那是不可能的事。

"连夜不妨频梦见,过年惟望得书归。"虽然不能相见,但衣物传情,就让我在梦中经常见到他吧;虽然不能相见,唯愿他收到衣服写封家书,冬去春来的时候,邮使带来他平安的消息,这也叫人放一下心啊。

在现实面前,思妇的想法要求也很现实——不奢望真的重逢,只希望梦中相会就满足了;她不去想人归,只想明年能收到回信,就是无限安慰。

"捣就征衣泪墨题""附与征衣衬铁衣""连夜不妨频梦见,过年惟望得书归",这些话背后蕴含的对感情的执着,感人至深,耐人寻味。

下面这首词利用山重水隔表达相思情长,给爱人以江水长流情常在的鼓励和安慰,其情感的执着也使人过目难忘。

卜算子

李之仪

我住长江头,君住长江尾。日日思君不见君,共饮长江水。

此水几时休,此恨何时已。只愿君心似我心,定不负相思意。

这道《卜算子》是被世人公认的经典爱情诗词之一,真挚的情话,如口语般俏丽。长江头,指长江上游,在四川一带;长江尾,长江下游,在今江苏一带。词的开始,一句说"我住长江头",一句说"君住长江尾",仿佛两声叹息,隐含主人公深情的思念和伤感,使"君"读后难忘那个在江水悠悠的远方、千障百峰中翘首思念自己的人。

两声叹息后,这位女子继续向"君"倾诉爱情。虽然我们两地相隔遥远,"日日思君不见君",但是我们"共饮长江水",面对江水,会时时引起我对你的思念之情,虽然彼此不能够相见但想到同住长江边,"共饮长江水",我似乎时时感到你的存在,就算天大的困难我也要克服,等到与你见面的那一天。

"此水几时休,此恨何时已",我很期望流水有停下来的时候,更希望自己的相思隔离有结束之时。但是,如同一江春水向东流,自己的相思离别之恨也不知道什么时候才能停歇。

现实既然无法改变,那么就多一些安慰和鼓励吧,"只愿君心似我心,定不负相思意"。相思堆积就是怨恨,恨之切因为爱得深挚,"我心"既是江水不竭,相思无已,也希望"君心似我心",定不负我相思之意。千山万水虽不能飞越,但爱的心灵却能一脉相通,就让长江见证我们的悠悠相思和对爱的长久期待吧。

利用长江，这位女子把阻力化为动力，把单方面的相思变为对对方的期待和希望，使双方在不断的沟通中感受到爱的安慰和鼓励。这样，离别就不是难题，而成为期待和希望；因为期待和希望，阻隔的心灵便会得到爱情的滋润与慰藉，艰难或者平淡的生活也会充满阳光，生命便会焕发出蓬勃朝气。

谁会拒绝这样给人俏丽、真挚感受的爱情？

九、繁华都市外的乡村

除了对都市生活的记叙，在宋词中也可以看到许多对农村田园风光的描写，比如辛弃疾的词《清平乐·村居》和《西江月·夜行黄沙道中》。

清平乐·村居

辛弃疾

茅檐低小，溪上青青草。醉里吴音相媚好，白发谁家翁媪？

大儿锄豆溪东，中儿正织鸡笼；最喜小儿无赖，溪头卧剥莲蓬。

"白发谁家翁媪"的"媪（ǎo）"，指年长的妇女。《清平乐·村居》这首词让我们感受到了农家其乐融融的生活：一所矮小的茅屋在一条清清的小溪旁，溪边长满了一片青草，一家人就住在这里。此刻，他们每个人都没闲着，夫妻二人正坐在一起，"醉里吴音相媚好"，一边喝酒，一边用绵软的家乡吴语聊天。大儿子在溪东头豆子地里锄草，二儿子正在家门口编织鸡笼，小儿子最调皮可爱，"溪头卧剥莲蓬"。短短几句话，一幅农家欢乐图景跃然纸上。

在下面这首词中,辛弃疾带我们领略了月夜下的乡村美景。

西江月·夜行黄沙道中

辛弃疾

明月别枝惊鹊,清风半夜鸣蝉。稻花香里说丰年,听取蛙声一片。

七八个星天外,两三点雨山前。旧时茅店社林边,路转溪桥忽见。

"明月别枝惊鹊,清风半夜鸣蝉",在月夜里,看得见空中鸟飞,那是树上的喜鹊因为太明亮的月光而惊起,半夜的清风中,传来阵阵蝉鸣声。"稻花香里说丰年,听取蛙声一片",稻花飘香中,蛙声一片,似乎在迎接即将来临的丰收年景。

"七八个星天外,两三点雨山前。旧时茅店社林边,路转溪桥忽见",天外远远的地方有几颗星星,还感觉到几颗雨点,正是那种月明星稀、风轻云淡的夜晚,转过小溪上的那座石桥,突然又看到了以前熟悉的旅店。这几句词让人想到农村丰年时看金黄稻穗时的感受,以及行万里路与大自然亲近的乐趣。

但是,宋代的农村有田园风光的一面,也有凄凉破落的一面。

小 村

梅尧臣

淮阔洲多忽有村,棘篱疏败漫为门。

寒鸡得食自呼伴,老叟无衣犹抱孙。

野艇鸟翘唯断缆,枯桑水啮只危根。

嗟哉生计一如此,谬入王民版籍论。

这首《小村》描绘的是宋代淮河地区穷苦荒凉的情景,从这首诗中我们能够具体体会到农村的穷苦荒凉。

"淮阔洲多忽有村,棘篱疏败漫为门"中,淮,指淮河,淮河源头在河南省桐柏山,向东流经安徽、江苏两省。洲,指水中的陆地。棘篱,指用矮树枝编成的篱笆。"淮阔洲多忽有村,棘篱疏败漫为门"这两句写作者乘船经过淮河,来到人烟稀少的乡村地带,水面宽阔寂静,水中多有小洲,偶见村庄人家,他们的院子是用棘树编的篱笆,那篱笆稀疏又破烂,留下一个缺口,算是大门。在冬天的旷野下,那些院落显得寒冷、破败。

"寒鸡得食自呼伴,老叟无衣犹抱孙",老叟,指老人;犹,还在。在一个冷清的院子里,有个爷爷紧紧地抱住孙子,他自己还没穿上棉衣;寒冷中的老人和小孩静悄无声地坐着,旁边的群鸡正在闹腾着找食;主人自己衣食艰难,寒冬里这些家禽完全是野生状态,它们偶尔找到了一点小虫也不容易,只能与最亲近的伙伴一起分享。

"野艇鸟翘唯断缆,枯桑水啮只危根",野艇,停在野外的小船;鸟翘(qiáo),像鸟儿翘着尾巴那样;唯断缆,除了一根断缆绳,什么也没有,水啮,受到波浪的冲蚀;危根,孤零零的一个根。冬天里老人和小孩缺少衣服,住的房屋破败,再看看这些渔民赖以为生的渔船也是叫人伤心,停在岸边的小船像鸟儿翘着尾巴一样,是那样简陋,除了一根烂了的缆绳,什么也没有;那河岸也是破败不堪,在水浪的冲蚀下,露出了桑树枯萎的老根。

"嗟哉生计一如此,谬入王民版籍论",嗟哉,可叹啊;生计,生活情况;谬,错误地;版籍,户口簿册。作者看到乡村如此破败,渔民生活状况如此简陋、穷苦,联想到大都市的繁华、城市的富丽,不禁百感交集，可叹啊，大宋的子民中，竟还有生活穷苦到这样的。

作者写的是淮河边看到的一个小村庄，从农家的破篱笆院子、缺少寒衣的老人和孩子、饥饿寻食的鸡，到院子外水上简陋的小船、船上仅有的断缆绳、年久失修的堤岸、岸边枯树老根，把农村破落的情景刻画得非常逼真。特别是最后作者发出的感叹，说明他是见过都市的繁华及感受到过商业贸易带给城市市民的利益的，与城市相比较，才使作者发出不相信大宋王朝还有如此穷苦的臣民的感叹。

这就是宋代繁华、热闹的都市之外的另外一面。

作为封建王朝专制统治下的中国，封建贵族所在的都市的宜居和繁华与农村的破落以及农民的穷困并存。

这种不平衡的发展在宋代文人的作品里也可以读到。

1. 农民负担重

梅尧臣的《田家语》，写于北宋仁宗赵祯时期，作者直接用农民的口气，讲述农民所面临的困境：受洪水、虫害侵扰，粮食歉收的同时还要受官府催逼交税、抽壮丁、服兵役，在官府的强征暴敛下，农民家里要人无人，只剩下残疾人等；要粮无粮，锅里缸里全是空的。农田无人耕种，剩下的残疾人早晚会饿死。

田家语

梅尧臣

谁道田家乐？春税秋未足！里胥扣我门，日夕苦煎促。

盛夏流潦多，白水高于屋。水既害我菽，蝗又食我粟。

前月诏书来，生齿复板录；三丁籍一壮，恶使操弓韣。

州符今又严，老吏持鞭朴；搜索稚与艾，唯存跛无目。
田间敢怨嗟，父子各悲哭。南亩焉可事？买箭卖牛犊。
愁气变久雨，铛缶空无粥。盲跛不能耕，死亡在迟速。
我闻诚所惭，徒尔叨君禄；却咏"归去来"，刈薪向深谷。

田家语，农民说的话。里胥，地保类的公差，专门负责收税、抓壮丁等事务。"谁道田家乐？春税秋未足！里胥扣我门，日夕苦煎促"，这几句是说：谁说农家的生活快乐？春季欠下的税，到了秋季还没有缴完。地保等人一天到晚敲门，冷面无情地催促逼迫我交税。

"盛夏流潦多，白水高于屋。水既害我菽，蝗又食我粟"，流潦，大水；菽，豆子；粟，小米。到了夏天，山洪暴发，大水淹了我的房屋和庄稼，蝗虫也蜂拥而来，咬食洪水后剩的一点杂粮。天灾还没完，人祸又至，皇上抽调壮丁的命令又来了。

"前月诏书来，生齿复板录"，诏书，皇帝的命令。公元 1040 年，西夏出兵攻宋，宋仁宗下诏书征兵。"生齿"，添了人口，"版录"，用簿册登记起来。这两句是说，皇帝有令要征兵，所以生了小孩都要严格进行户口登记，以防逃兵役。

"三丁籍一壮，恶使操弓韣"，籍，这里指抽壮丁；弓韣（dú），指弓和弓的套子，代指全副弓箭。这两句话是说，现在到了征兵时期，每户三个壮丁抽一个当差，被抽去的人马上被凶狠地命令全副武装起来上前线。

"州符今又严，老吏持鞭朴；搜索稚与艾，唯存跛无目"，州符——在此处指州衙门的公文；朴，木棍；稚，小孩；艾，指老年人。这几句是说衙门里发出了严厉的文告，还要征招老人和小孩，老奸巨猾的公差拿着鞭子、棍棒到村子里把健康的老人、小孩都搜刮一空，只剩下一些跛子和瞎子。

"田间敢怨嗟，父子各悲哭"，田间，指农村。在强征暴敛面前，村子里的人哪敢抱怨叹气；被征招的年轻人走了，留下老父亲，分离的父子天各一方，背井离乡，独自悲哭。

"南亩焉可事？买箭卖牛犊"，南亩，田地；焉，哪里。犊，小牛。这两句说：为了买箭卖了牛，田地哪里还能够耕种？看，"愁气变久雨"，今年暴雨成灾，那是老百姓冲天的怨气，变成了大雨下个不止。

"铛缶空无粥。盲跛不能耕，死亡在迟速"，铛，锅；缶，瓦罐。连日洪涝，地里歉收，庄稼无人打理，村民们家里的锅里、罐子里连一口粥都没有了。抓壮丁后，剩下的瞎子和跛子都不能耕田，这些人迟早都要饿死的。

"我闻诚所惭，徒尔叨君禄；却咏'归去来'，刈薪向深谷"，诚，的确；叨，过分的获得。《归去来》，指晋朝陶潜写的《归去来辞》，表示辞去官职后心情愉快的文章；刈薪，砍柴。同上一首《小村》一样，这最后几句是作者的感叹。作者梅尧臣写这首诗时，据查证，大概是做河南襄城县令时期，所以他这样说：听了农民的这些话，真叫我惭愧。我身为地方官，不能使这个地方的人民生活得好一些，看看他们的艰难辛苦，我是白白地拿了皇帝给的薪俸，我真想读着《归去来辞》，辞官去深山里以砍柴为生。

为了征派税役，宋代对乡村管理与以前朝代划分户等制度一样，依据资产和人丁的多少，将乡村农民划分为主户与客户两大类，一无所有的农民为客户，主户划分为五等，一、二等户又称为上户，数量最少；三等户为中户，数量居中；四、五等户又称为下等户，数量最多，即上、中、下等户数量呈金字塔形分布。

从《田家语》诗中可以看到，诗中写的田家有地种，还要出壮丁，老人孩子出差役等情况来看，可以推断其属于中下等户。宋代确定五等户当然不是为了划分出阶层，均贫富，而是根据各家的贫富状况征发不同的税役。从官府征派税役的角度而言，客户是无资产，无需向官府交税赋的民户，他们靠租地租牛维持生计，耕种土地收入大部分交给地主，仅剩维持生存所需。他们有自己的家庭，养活自己的家人。客户虽然不交税，但是客户家庭在承担高租金农业耕种同时，还承担修河筑路之类的劳役；主户中的上户家庭担任乡官之类的里正、户长以及负责押运官方物资的事务官等；主户中的中下户负担普通的乡间事务，如乡兵性质的弓手、壮丁以及到地方衙门去做杂职差事。

诗里田家如此悲伤，几乎处于倾家荡产边缘，结合史料分析，主要是天灾无收成和官府的徭役造成的。与当时的各种赋税相比，徭役更堪负担，当时流行的说法是"但闻有因役破产者，不闻因税破产者"。

有学者考证，一般一个主户，按 5 口之家计算最少要有 20 亩田地的收入才能维持正常的吃和用；至于佃农客户，租一头牛加耕种 50 亩田或地才可以维持生存①。用当今的恩格尔系数标准来看，即用于食品开支数量在全部生活支出的比重的标准来衡量，宋代农村农民属于勉强可以度日的温饱型（50%—59%）的是少数，多数家庭生活在"绝对贫困（60%以上）"的水平。② 在这多数绝对贫困家庭中，有的家庭经常不够吃，把谷物的皮壳当粮食吃，用酿酒剩的喂牲口的酒糟当粮食吃，用瓜菜、杂粮、糊糊充作主食充饥。有的时候为了节省粮食一天只吃两顿饭，也有的遭遇天灾人祸，沦落到前面几首诗所写的"倾家荡

---

① 邢铁：《中国家庭史》第三卷，广东人民出版社 2007 年版。
② 同上。

产""家破人亡"的地步。灾荒年，许多家庭吃蝗虫、野菜、榆树叶、糟糠充饥，时间长了因为不消化而"胀死"，这些在史料中都是有记载的。就日常饮食而言，在为数众多的中下层农户家庭中，讲究的是"糠菜半年粮"，以"温饱"为标准，重量但没有条件讲质，单吃大米白面被看作浪费，通常以米熬粥，富家才有干饭吃。蒸白面馒头也不是普通人家常吃的，一般吃掺有蔬菜的面条之类的面食，书上记载的烧饼、馒头、馄饨等主食在当时都是珍贵的食品，主要是在市面出售，在官僚大户家中食用①，一般家庭只有在过年过节或者婚丧大事时才能偶尔吃到。

蔬菜是仅次于粮食的食物，但是因为贫穷，多数小农家庭很少到市场买菜，主要靠在自己家的田边、宅院里种植，新鲜蔬菜缺乏时，腌干菜顶替。农民吃腌菜，并不只是"御冬"，中下农户家庭只有粥为主食，腌制的萝卜、辣椒、姜、笋等咸菜是他们的主菜，除非过年过节农民家中一般不炒菜。②

南宋著名诗人范成大写的《催租行》，也使我们从一个侧面了解到，农民不仅怕天灾、劳役，也怕交租受到官吏的敲诈勒索。

处于弱势地位的农民交租的过程本来就要受到盘剥，质量好的可能会被说成成次品，甚至被冤枉短斤少两，或官府在账上做文章，等等，这些都是我们在小说或电影等文学作品里见到过的，但范成大这首诗写官吏对农民的敲诈是一个交租后的细节。官吏催租催到农民家，农民将交了租的凭证给官吏看，公差办完了，租子不用收，人也该走了，但是不，官吏为官经验很丰富，见到交租的凭证，租是不用催了，但要农民

---

① 邢铁：《中国家庭史》第三卷，广东人民出版社2007年版。
② 同上。

赔偿自己白跑路的"草鞋费",官吏对农民说的话是:没事了,我们喝酒吧,"我亦来营醉归耳!"

催租行

范成大

输租得钞官更催,踉跄里正敲门来。

手持文书杂嗔喜:"我亦来营醉归耳!"

床头悭囊大如拳,扑破正有三百钱:

不堪与君成一醉,聊复偿君草鞋费。

"输租得钞官更催,踉跄里正敲门来",输租,意即缴了租;钞,官府收到租后发给的凭证;踉跄,歪歪斜斜地走路;里正,地保类的公差,在宋朝一般都由当地的地主、殷实户担任。《催租行》开头两句"输租得钞官更催,踉跄里正敲门来"就是写村里的公差上门催租:喝得醉醺醺的村官又上家里敲门来要催交租子了,他不知道我的租子已交,收据都拿到了。

村官接过我递过去的收据,认真查看后,又是生气又是高兴——"手持文书杂嗔喜",文书,此处指上文里的钞,即交租的凭证。嗔,怒,生气之意。他摇晃着收据对我大叫:"我亦来营醉归耳!"——我只是想来喝它个醉醺醺的再回去。

"床头悭囊大如拳,扑破正有三百钱",悭囊,指陶制的储蓄零钱的钱罐"扑满"。我听到里正要我请喝酒的话,只好到床上拿出拳头大的零钱罐打破,取出里面积攒的所有零钱,对这位大人说:"这点小钱可能不够您喝好,就当赔偿您的草鞋费吧。"——"不堪与君成一醉,聊复偿君草鞋费。"不堪,不够;君,本意是"你",此处指催租的里正；聊复，姑且；草鞋费，即当时公差敲诈勒索时巧立的名目。

官吏强势的语气做派与农民谨小慎微、讨好权势以求得避免"穿小鞋"的心态，在这首小诗里有生动的体现。农民即刻听懂了村官要喝酒的话的含义即是要"草鞋费"，由此来看，为官的"跑跑路"都要平民给"好处"是当时社会的流行病。

2. 城乡、地区差别大

巨大的城乡差别，在我们熟悉的小诗"昨日入城市，归来泪满巾。遍身罗绮者，不是养蚕人"中就可以看到。

在《蚕妇》这首诗里，直接写到蚕农从城市归来悲思万千的感受，她的悲思不只是看到城市穿着绫罗绸缎的人，全不是养蚕的人，而是想不通城市里穿着绫罗绸缎的人为什么那么的富有，而养蚕的人为何如此贫穷。

下面这首诗讲到黄河以北的灾民到河南岸逃荒讨饭的情形，从中也可以感觉到不同地区巨大的贫富差别。

河北民

王安石

河北民，生近二边长苦辛。

家家养子学耕织，输与官家事夷狄。

今年大旱千里赤，州县仍催给河役。

老小相携来就南，南人丰年自无食。

悲愁白日天地昏，路旁过者无颜色。

汝生不及贞观中，斗粟数钱无兵戎。

"河北民，生近二边长苦辛"，河北民，指住在黄河北岸的百姓；二边，指当时与北宋交界的两个少数民族政权辽和西夏的地区；长，长期。王安石公元1046年写下这首诗，当时，辽和西夏在黄河以北结成联盟与宋朝抗衡，经常侵扰中原，所到之处，"俘掠人民，焚荡村舍，农桑废业，闾里为墟"。处于这一地区的百姓不断有赋税、徭役等重负，多年来还一直深受边患之苦。

"家家养子学耕织，输与官家事夷狄"，官家，指朝廷；输与，送给；事，供奉；"夷狄"，古代汉族对东方和北方少数民族的称呼，这里指辽和西夏。北宋为了加强中央集权统治，采取的是集中兵权、削弱地方兵力的措施，但是，边防空虚、外族入侵成为宋朝的最大威胁，宋朝为了中央集权的稳定，每年供奉大量的金、银、绢、茶给辽、西夏求和。诗里讲的就是在这样的背景下，黄河以北边地的人家，家家养儿育女、男耕女织，他们劳动所得全都上缴朝廷，供奉辽和西夏的贵族了。

"今年大旱千里赤，州县仍催给河役"，赤，意为空尽无物，千里赤，大面积土地寸草不生；"给河役"，即做河工。大旱之年，土地上空荡荡的一无所有，"河北民"日子都没法过，官府却仍然逼迫他们去做河工。

"老小相携来就南"，就南，到黄河南岸来谋生。面对赋税、饥馑、徭役，"河北民"只得出逃，一家老小搀扶着逃到黄河以南找出路。但是，"河北民"无家可归、四处流浪，黄河以南的人日子也不好过。"南人丰年自无食"，黄河南岸这边虽然是丰年，老百姓也还是没有饭吃。你们看，"悲愁白日天地昏，路旁过者无颜色"，过路的人们又黄又瘦、面带菜色，他们的表情悲哀愁苦得好像天地也变色、太阳也昏暗了。

"汝生不及贞观中,斗粟数钱无兵戎",汝生,你们;不及,没赶上;贞观,公元 627—649 年唐太宗李世民的年号。贞观时国家太平,边境多年无战事,农业大丰收,一斗米只要三四文钱;可惜我们都没赶上贞观那样的好时候,那时天下太平、物价便宜、百姓安居啊。

在宋朝,不仅存在着城乡发展的不平衡,城市里也存在着贫富差别。北宋陈烈的一首小诗《题灯》,让我们在宋朝华丽、热闹非凡的元宵灯节背后具体地体味到这些差别。

题 灯
陈 烈

富家一碗灯,太仓一粒粟;

贫家一碗灯,父子相聚哭。

风流太守知不知?犹恨笙歌无妙曲。

题灯,即写在灯上。据查证,这首诗写于北宋宋神宗元年时,公元 1080 年前后,当时福州太守刘瑾为了庆祝正月十五元宵灯节,下令不论穷富,每户一律捐灯十盏。作者在当地鼓楼门的大灯笼上写下了这首《题灯》,为贫穷市民代言,控诉地方官专政。

"富家一碗灯,太仓一粒粟;贫家一碗灯,父子相聚哭",一碗,一盏之意;太仓,京城里的粮仓;粟,米。这两句是说,有钱人捐一盏灯,好像从国库里取一粒米,不费吹灰之力。但是,穷人家里捐一盏灯,需要多少天的劳动,出力流汗,那种捉襟见肘,父子抱着痛哭的窘况,与十五元宵火树银花、笙歌乐舞的狂欢是多么的不和谐。"风流太守知不知?惟恨笙歌无妙曲",风流,此处有贬义,指贪享受、爱浮华;惟恨,只恨。官府命令捐灯,百姓岂敢不服,但浮华太平的背后,如果有太多的家庭因为捐灯而焦急、拮据,甚至揭不开锅,再好看的灯人们也没心思看,再好的歌也没人和,太守您知不知道这些简单的道理?如此,这灯市还办得有意义吗?

3. 农业专业户大量出现

由于城市的发展,在宋代,农村中也出现了一些新动向,即农村中除了种粮的传统农民以外,还出现了专业户——为城市提供各种产品的专业种植、养殖以及加工的农户。

在"昨日入城市,归来泪满巾。遍身罗绮者,不是养蚕人"里就可以看到养蚕及卖布的农民,但这首诗里的蚕妇还不是大型专业户,当时很多大的专业户的特点是:他们生产的产品,销售渠道主要是城市,放弃种植粮食,以种菜、养蚕等专项事物为生,他们的收入较以前种粮要高。比如种茶的茶户,专门从事茶叶的种植和加工;织机户,专门从事桑蚕及纺织加工;糖霜户,专门从事榨糖、制糖类生产;水果园户,专门种植水果;花户,专门养花出售;漆园户,专门从事漆的生产和销售;还有专门种菜、养猪、养鱼、经营磨坊、经营酒作坊以及专门采盐、专事矿冶、专事水上运输等专业户。

专业户的产生一方面是农业技术提高和农业经济发展的结果,另一方面也是城市的生活需要催生的结果。各种专业户在宋代大量出现,为宋代城市繁华增添了光彩;反过来,城市的快速发展以及专业市场的快速增长,也促进了农村专业户的快速发展。专业户、专业市场的情形在宋词中也有反映,下面是一首集中描写蚕市的词。

望江南

仲　殊

成都好，蚕市趁遨游。夜放笙歌喧紫陌，春遨灯火上红楼。车马溢瀛洲。

人散后，茧馆喜绸缪。柳叶已饶烟黛细，桑条何似玉纤柔。立马看风流。

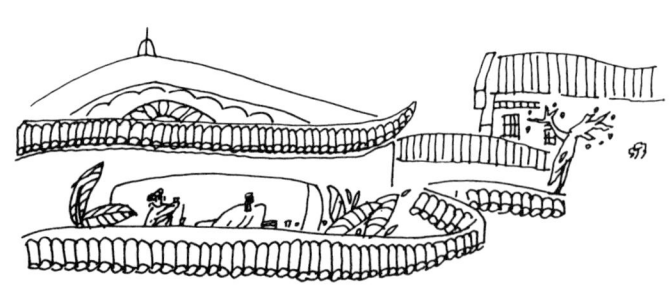

（熊海泉　绘）

仲殊这首词写的是成都蚕市——一个繁华富有大城市的专业市场。成都以盛产蜀锦而被称为"锦城""锦官城"，唐宋以来养蚕业与纺织业十分发达，所以，蚕市是当地的传统集市。所谓蚕市，即每年春季，销售蚕农所需器具物品以及花木果药的大型贸易集市。集市举办时间在每年的正月到三月间，集市里不仅有养蚕的东西，还有很多娱乐消遣的东西，"夜放笙歌喧紫陌，春邀灯火上红楼"，车水马龙、人来人往，人们一边赶集，一边乘兴游赏集市，即"蚕市趁遨游"。

在词的下片，作者还具体描写了养蚕人盘算收入的情景。"人散后，茧馆喜绸缪"，茧馆，即养蚕缫丝的作坊；绸缪，本意指情意绵绵，这里指丰收的喜悦。收市后，最高兴的是茧馆的养蚕人了，蚕市生意兴旺，他们满怀欢喜，"柳叶已饶烟黛细，桑条何似玉纤柔。立马看风流"，大好春光，桑叶长势好，丰厚的收入有保障，日子过得喜气洋洋。

十、回望都市

1. 画是一种思念，词也是

有位美术大师考问自己的学生，画是什么？在诸多答案中，最使老师满意的回答是"画是一种思念"。

如果，画是一种思念，词也是。宋代文人的词读后就给人这样的印象，特别是那些记叙、描写元宵节的词尤其给人这种强烈的感染。

宋代文人的妙笔生花使人常常沉浸在他们描绘的一幅幅灿烂图画中。元宵节的城市是如此艳丽，如此辉煌，如此叫那个时代的人思念，以至于成为宋词中的许多人的思念，他们的思念成为传给我们今天的不可磨灭的记忆，也成为今天中国传统文化中的标记。

在宋词中，可以看到豪华繁盛的元宵节：

十里长街然绛树，灯市光相射，鼓乐喧天，红彤彤的鳌山高耸；遍地游人、花车，满街美女香风微度；多少人奇遇在花径里、灯市中，相约黄昏后；待更阑人静，还是千家笑语、声在帘帏。

元宵节不仅是欢乐的节日，也是人们欢聚的时光。

元宵夜的灯光是热烈的，东风夜放花千树，华灯千门万户。

元宵夜的灯光也是美丽温柔的，火红的烛光像红莲，在微风中成片地摇曳，随销随燃，愈燃愈旺，"风销绛蜡，露浥红莲，灯市光相射"。

在宋词中，可以学到在现实中没有学过的许多历史知识。

元宵节并不只是短短的一天。我国古代从唐朝开元年间起，元宵节放灯火三夜，宋初又增加了两夜，从十四开始直到十九日收灯，这样，古代元宵节并不是我们想象的"一夜"，而是五夜。

民间传说五夜来源于宋真宗时吴越王钱椒来东京朝拜时纳土请降，在正月十五过上元节时，花钱买了两夜，故元宵节由"三夜"变成了"帝城五夜"。但是，关于元宵五夜的来历，史料上还有另外的说法。

元宵节始于西汉。在一场史上称为"诸吕之乱"的暴动被平定后，汉文帝感到太平盛世来之不易，将平乱的农历正月十五这一天，定为与民同乐日。古代正月又称元月，夜又称"宵"，所以，汉文帝就将正月十五这一天定为元宵节。后来，司马迁等人创建《太初历》，把元宵节列为重大节日。随着社会生产力的发展，唐朝民物繁盛，从唐朝起，元宵节增加为三夜。

元宵节在宋朝由三天改为五天，除了上面的民间传说，还有一种说法是：宋建隆元年元宵节，宋太祖登楼赏月，看到灯火辉煌，锣鼓喧天，全城欢腾，联想到丰收的年景、国内平定叛乱、边境无战事等，内心很高兴——这样的时代比以前更强，助兴的节日为何不延长？特诏开封府在上元节时，加放灯火两夜，宜纵官民同乐，自此以后，元宵节五夜便成为惯例。

宋太祖后，元宵节时间有加无减。

笔者的童年正值"文革"，父母没有带我们过过端午节和清明节，过元宵节就是吃汤圆，过春节就是放几天假。因为放假，春节是我们最隆重的节日，我们不像平时一天到晚在食堂吃饭，春节可以跟父母一起在家里多做一点简单的菜，买一点花生、瓜子、糖果，还可以穿新衣服。

笔者在小学、中学及以后的高等教育中，也都没有接触过这方面的教育，很惭愧，在自己组建家庭后也没有给小孩讲述或过端午节、清明节之类的传统节日。

但是，因为难以忘却的纪念和思念，宋词里却有对这些节日的详细记叙，在宋词中笔者看到了许多以前不知道的风俗习惯，比如元宵节、端午节、清明节等节日的风俗习惯，也看到了跟我们今天相似的许多风俗习惯，以及那些风俗习惯中浓浓的中国味，比如过年、拜年等人情往来。

2. 文化、传统也是思念和记忆

不仅画是一种思念、词是一种思念，文化和传统也是一种思念——对过去生活的思念和记忆。确切地说，是对过往生活中的认识、感悟、经验体会的思念和记忆。

对词中城市一些知识的学习，使人感受到：学习文化和传统，也是学习、创新、保护过往人们对社会的认识、感悟、经验和体会。虽然，随着一代一代人的认识、感悟、经验的积累和升华，过往的有些被思念和记忆的东西看起来是不完美的，或者是原始的，但人们还是愿意接受或者不愿丢弃这种思念和记忆，因为，那些不完美的简单的东西，正是我们今天的认识、感悟、经验中的一部分，是最早让今天成其为明天的一部分。

一段时间以来，媒体不断报道韩国把端午节、印刷术、风水、易经等申请"世界文化遗产"保护的事情，某电视台曾经就这个问题组织的辩论使人记忆犹新。

主持者组织两派表明他们对这一问题的态度，也让观众与他们一起思考问题的根源所在。

电视中一方认为我们的文化遗产怎么能成为别国的呢，不管韩国怎么学习、变化、保护，这些原产地都是中国。另一方认为，韩国并不是把中国的东西拿去后原封不动地"申遗"，而是与中国原产的这些"文化"有所不同，比如是"端午祭""申遗"而不是"端午节""申遗"——端午祭是从春天开始持续三个月的祭祀活动，只是结束的那一天与我国端午节那一天相同；比如印刷术，韩国申请的是"金属印刷术"。

总之，双方都同意我们要加强国与国之间对传统文化的交流，要学会包容。

看电视后，笔者查了宋史的一些资料，特别留意关注有关中国与高丽印刷术研究发明的关系①。史料认为，中朝文化在宋代曾经有过密切的交流往来，高丽人不仅公开向宋朝廷要求赠送和购买大量书籍，而且也私下在民间大量收购书籍，由此他们从中国学习了先进的印刷术，使朝鲜成为世界上拥有先进印刷业的国家之一。随着朝鲜印刷术的发展，其刻本书籍也传到中国，朝鲜在中国陶活字、木活字印刷的基础上，首用钢活字印刷，即今天他们申遗的"金属印刷术"。

从宋朝与高丽文化交流的历史以及现在韩国申请世界文化遗产的种

---

① 河南师范大学学报编辑部：《宋史研究集》，载《河南师范大学学报（增刊）》，1984年，第89—90页。

种举动中,我们看到了他们不仅有学习和创新文化传统的精神,也有积极创新并保护文化传统的行动。

除了韩国,这也是许多国家对待传统文化、历史的态度——包容和尊重传统,学习、创新、保护过往人们对社会的认识、感悟、经验和体会,哪怕一些传统是不完美的,与现代观念相比是有差距的。

今天,我们也充满学习、创新并保护自己国家文化传统的激情和爱国之心;2008 年已经重新增加清明节、端午节、中秋节为国家法定节日;流行多年的"把帝王将相的城市变成人民的城市"的观念正在转变为对传统文化认识的理性回归。

但是,仅有这些却缺乏对这些节日以及基本历史的了解,恐怕是保护文化、热爱传统的一大障碍。而这个障碍并不是仅仅在 80 后、90 后中存在,在 50 后、60 后这几代,以至于上几代的大多数人中也存在。

不知道并不可怕,不想知道才可怕。

从学习诗词入手,增加对传统文化的认知,也许是变"不知道"为"知道"的有益尝试。

3. 知音元宵节联想

在宋代的元宵狂欢中,宋代文人看见的是华灯、裙钗、阆苑瑶台,葱葱佳气、少年奇遇。我们不仅看到了这些,从这些文字的背后我们还看到了宋代东京时期的新闻,看到了元宵节狂欢背后的繁华都市。从古代的元宵节全城狂欢中,也让我们知道——我们也有节日狂欢的历史,我们也有过中国的狂欢节。

城市的政治、经济、文化实力,是节日倾城狂欢的基础。宋代城市经济的日益发展繁荣、城市市民阶层人数的不断增加,使得元宵节观灯游乐的风气空前盛行。

节日的繁荣又反过来进一步推动城市的发展。借助元宵节的节日拉力，宋代城市百业兴旺，"文化产业"与商业一样蓬勃，在春节前冬至后的那段时间，城市就开始了为过节开展的各种活动：有"奇术异勇，歌舞百戏"嘈杂声十余里；有"击丸蹴鞠，踏索上竿"等体育活动；有"猴呈百戏，鱼跳龙门，使唤蜂蝶，追呼蝼蚁"等杂耍；还有卖药、卖卦、说书、灯谜等各种名目的交易娱乐。在对四海开放的都市里，各种新产品、新娱乐方式不断上市，以至于没见过、说不上名目的"奇巧百端"，使市民"日新耳目"。虽然那时候没有市场经济体制，但这街市上繁华空腾、奇异纷呈带来的节日经济，难免不给城市平添了一股节日经济发展动力。

现代社会随着生产力的提高，休闲娱乐已经成为快节奏工业社会人们工作的调剂，也是人们自我调整和自我提高的重要载体。从管理角度来看，现代社会，休闲娱乐比农业社会更为普及和制度化。现代休闲娱乐已经不是一小部分人的特权，现代国家从文化、卫生、体育、工作时间的限定、休息日的安排等多方面制定了法规和措施，保证大众休闲的普及性。

但是，当下社会娱乐休闲项目多了，能够让一个城市倾城而动、全城同欢从而形成城市凝聚力的活动却并不多见。

从古代元宵节的全城狂欢中，我们是否能得到一些启示。从扬弃和创新的角度来看待元宵节，投入一定的人力物力来研究和创办现代城市的特色元宵节，在中国几千年传统中的狂欢节日中融入一些城市的特色内容和活动，使传统的元宵节成为既有文化共性的，又有各城市特色烙印的全民节日。

比如，能否把元宵节与知音文化融合在一起，提供一个吸引更多人参与的平台？

高山流水遇知音，俞伯牙摔琴谢知音，是一个美丽的故事。相传距今2300年前后的战国后期，有两位音乐大师，一个叫俞伯牙，另一个姓钟名徽，通称钟子期。一日俞伯牙出使楚国，办完公事，便张一叶风帆，沿途流连山水之胜，在汉阳渡口，巧遇钟子期。他们俩对音乐都能"辄穷其趣"。今日的武汉市汉阳钟家村古琴台即"俞伯牙鼓琴、钟子期听之"之处。据《吕氏春秋》记载：俞伯牙善弹琴，钟子期善听琴，俞伯牙弹琴模拟高山时，钟子期就说巍巍峨峨好像泰山，"善哉乎鼓琴！巍巍乎若太山！"俞伯牙弹琴描绘水流时，钟子期就说洋洋洒洒好像长江大河，"善哉乎鼓琴！汤汤乎若流水！"此处的"模拟"高山，"描绘"水流，不是指琴师单纯地模拟和描绘自然，而是指在琴声中表达高山流水的意境，弹者和听者都能体会到琴音的深刻和纯净。音乐的高亮、低沉、回旋、起伏，带领人们去领略大地万物节奏的起伏变幻。俞伯牙和钟子期，他们就是在这样的交流中成为知交的。俞伯牙说道："相识满天下，知音能几人"，两人以兄弟相称，相约来年中秋节在钟家重聚。一年过后，俞伯牙信约而来访问时，钟子期却因病已经离开了人世。俞伯牙面对新坟，一丘黄土，悲痛欲绝，在坟前抚琴祭奠，重弹《高山流水》曲，寄托哀思，弹弹哭哭，十分悲痛。围观者不懂音律，相视大笑，俞伯牙见此情景，更为伤心，说道："春风满面皆朋友，欲觅知音难上难。"于是割断琴弦，举琴向祭石上摔去，从此罢琴不弹。"高山流水""知音"等词即由此而来。后人以"高山流水"象征深厚的友谊，以"知音"作为知心朋友的代名词。

在另一则传说中，钟子期是樵夫，俞伯牙是上大夫，是俞伯牙琴声吸引钟子期旁听。后来听音乐、谈音乐使二人成莫逆之交，故事后面的部分如同前面叙述的一样。

无论钟子期和俞伯牙的身份如何，音乐、朋友是这个故事的主旋律。

这个故事不仅把人带到了寄情于自然山水、他乡遇知音的淳朴境界，也把人的思绪带进了另一个氛围，带进了中国文化亮点的那个层面。重情义、讲诚信、好朋友肝胆相照，这些品质在高山流水这个故事中引人注目。而在钟子期与俞伯牙相识、相交、相知、相约，直至来年生死两个世界约会，俞伯牙因知音不在而摔琴，并发誓今后罢弹等情节中，这些细节层层递进，表达了他乡遇故知的缘分和对朋友的珍重。

中国几千年封建社会，从史书和影视作品中常常都会见到，许多简单的历史事件由于混沌、暧昧、肮脏的人为原因而变了味，许多曾经祥和的人际关系由于人为原因而变得紧张、尴尬、凶险，许多重大的历史时刻由于人为原因而变得暗淡、紊乱、荒唐。如果说这许多人情世故带来中国历史的暗角、带给中国人心底深沉的压抑，那么，古琴台故事中的人情世故则使人对中国文化充满自豪感，那纯洁、朴实的友谊无不慰藉每一个有良知的心灵。知音的故事流传的两千多年间，古琴台经过了多次大规模重建，其中保存了包括皇帝和著名书法家的多块石碑刻字等珍贵文物。古琴台知音的故事代表的是中国人人心向善的一面，代表的是中国人生活平安、乐于并善于交朋结友的一面。

知音故事中宣传的喜遇知音又为失去知音悲痛摔琴等内容反映了中国人平等向善、诚信交友的精神品质。平等向善、诚信交友成为一种价值判断，在长时间的反复宣传中，已经变成国人评判是非善恶的心理尺度。

知音的故事在海内外也广为流传。琴台、琴堂、知音树、知音雕像等作为知音文化的符号名声在外，根据知音故事创作的古琴曲《流水》，由于所代表的、蕴含的人间真情善意，还被选中作为送给外星人的礼物。据报道，20世纪70年代，美国发射"旅行者"号宇宙飞船，向距地球130亿千米的太空寻求人类知音时，飞船携带的中国物品是长城的图片和现在古琴台播放的古琴曲《流水》。

　　知音的这些内容特征如果加上现代文化产业的创意和设计，有可能与元宵节融为一体，成为城市有特色的文化节日，吸引海内外大众参与。现代社会，人们处于科学技术日新月异、人际关系快速变化的环境，市场经济加速社会贫富分化，物质社会为人们带来诸多困惑和诱惑，忙碌的工作使人们像车轮不停地转动，程序化的作息时间使人们仿佛在几点一线间单调往复，人们需要休闲来改变这种快节奏，人们更需要那些使人精神能有所寄托的信仰和文化。知音故事里所宣扬的诚实、善良、守信、为朋友愿意担当（为他人失去自己拥有和喜欢的东西），元宵节传统中所蕴含的对亲情、友情的珍视，对家庭集体的看重，两者在文化内涵上具有高度相容性。

　　元宵节，一个有文化内涵的狂欢节；知音元宵节，一个具有现代休闲意义的城市狂欢节。一座丰富的文化宝藏，正在等待我们去挖掘。

4. 宋词中的人文景观引人深思

　　宋词带给我们那个时代都市的诸多人文景观，品读宋词中的都市人文景观，也让生活在城市化时代的我们更多地探寻都市园林绿化的意义以及都市休闲生活的意义。

　　在科技高度发达、城市化快速发展的今天，全世界有一半人居住在城市，中国也有将近一半的人生活在城市。改革开放以来，我们记住了城市化这个名词，我们生活的时代正处于城市化快速发展的时代——越来越多的人从农村来到了城市生活。当一个国家城市人口占全国人口比重30%以上时，城市进入加速发展阶段，城市人口快速增加，随着城市人口快速增加，城市数量也快速增加，城市规模也迅速扩张。中华人民共和国成立时，我国城市人口占全国人口比重是10%左右，20世纪70年代末改革开放初，我国城市化不足20%，经过20年发展，到2000年我国城市人口占全国人口比重是30%，达到城市化发展的快速阶段。未来30年，中国将会有更多的人从农村转移到城市生活，城市的数量和规模处于前所未有的水平上。

城市越来越多，但是，城市越来越相似。大马路、大房子、交通拥堵、河流污染，缺少绿色、缺少诗意、缺少个性。此外，城市越来越多，城市人越来越多，城市人的压力也越来越大。在现代化忙碌的都市，快节奏的生活有时候让人感觉到与宋代安逸、休闲的都市风情拉开了距离。工业化的大一统生活、都市人口以及交通的压力、生态环境的污染，使现代城市生活重复、拥挤，使城市人拥有越来越多的物质追求、日益激烈的生存竞争，使城市人物质上越来越富裕的同时精神上日益疲惫。

像宋词中那样的有闲情逸致的生活，那样倾城狂欢的节日娱乐和迤逦的城市风格似乎与传统一起被"现代化"抹掉了。

作为地球的一员，我们离不开清洁的空气、水、食物、绿色植被等自然环境，在我们的城市经受"现代化"的繁荣和污染时，我们更清楚、明白这样的道理。那些晨曦晴空、明月繁星、花草树木、潺潺流水并不只是"小资情调"，而是如同金钱一样，是我们健康生活中须臾不可缺少的重要组成部分。

我们的空气、水、植被等生态环境的良性循环，是我们人类生命能健康沿袭的必要条件。所以，在越来越现代化的城市，人们正在越来越关注环境与绿色。

人们不仅越来越注重"中国的天"与"欧洲的天"的比较，也在探寻中国传统文化中以人为本、尊重自然的种种美德。在热火朝天的现代城市建设中，人们在寻找自己的中国根，以期在接受西方文化的优点时，寻找现代中国城市特征的突破点。

德国著名的历史学家和历史哲学家斯宾格勒对城市与乡村的不同有过深刻的分析，"如果说城市是才智，那么大城市就是'自由的'才智"。这个理论观点的含义是说明，相对于"将自己局限于受土地束缚的职业和技能"的农民而言，城市市民远离了那种根植于土地、束缚于土地的限制，而获得了更多选择生活的机会；在城市，由于货币的抽象交换性，城市市民更多地远离了"死盯着实际事务的枯燥"，而获得了更多享受生活以及精神文化方面的机会。

因为城市，人获得自由，因为自由，人才有创造力；因为自由、因为人创造力的发挥，城市才比乡村更有文化魅力和吸引力。

正是因为如此，在城市，人获得自由和解放，所以人变成了才智之士，城市因此变成了创造民族风格、历史文化的容器。

历史肯定不会倒退，就政治制度和生产力发展等诸多方面而言，我们也不希望回到宋代。

但是，"如果粗暴对待自己的传统文化，则对于外来文化的接受也必然是肤浅的，如果粗暴到完全抛弃传统，则从西方引进来的也多为糟粕"，这是哈佛大学燕京学社社长杜维明对文化发展的提醒。

想要生活得更美好，以包容的心态看待周围世界是必须的，既要对外开放，也要对历史开放；既要学习西方的文明，也要学习传统文化。否则，历史的经验不断提醒我们，走向哪一个极端，都不会和谐。

宋词从产生到流传至今，逾千年而盛，肯定有其魅力所在。它里面的生活韵味，它里面的城市生活的闲雅，对今天的城市以及城市人而言，仍然具有启迪作用。

品读宋词中的人文景观，追求更多心灵和精神上的愉悦与自由，这既是修身养性，也是对历史的温故知新。

在这种了解、学习、继承、扬弃的基础上，我们才有可能创造比宋代城市更有风情、更有特色的城市，从而不辜负我们所面临的城市快速发展的黄金时代。

在这种了解、学习、继承、扬弃的基础上，我们才有可能使我们的城市也像宋代城市一样历经数百年、千年仍然耐人寻味，值得回望。

后　记

让城市形象更加优雅

为什么要让城市的形象更加优雅？

因为做好城市的形象工作，是使生活更美好的重要的一步。

因为优雅可以使人感到美，美使人愉快。

很多人认为美是表面的素质，认为美感是肤浅，或者认为美只是艺术追求的东西，与大众生活、城市发展无关。

但是，从现实看，美是一种文化力量。一个城市生产的一条领带可以卖到另一个城市一套衣服的价钱，一个城市的房价可以是另一个城市的几倍，这种价值的落差，可以有多种解释，但最终区别在于内在美的价值的高下，以及认识美的修养、创造美的能力的高下。

从历史的眼光看，美感是文明的基石、人类创造灿烂文明的动力、人类尊严之所系。面对那些古老精美的庙宇、小镇，欣赏落日余晖中的美景；面对黄浦江畔的上海、珠江两岸的广州、塞纳河边的巴黎，品味月光下被霓虹灯渲染的城市夜景，不禁让人深思：是什么力量、什么动机，使人类满足了基本欲求之后，仍有不断追求的高峰？

有人说是宗教的力量。但是神灵并没有要求人们把教堂、庙宇建得如此精美，把每一块石头、每一根柱子都打磨得光滑美观。

人类不断追求高峰的力量和动机，更确切地说应该是对美不断追求的结果。

那些精美的教堂、庙宇、街道，是人们追求信仰与对美的追求融为一体的结果，是追求一种美的精神价值的结果。

历史在这种精神追求中延伸；文明在这种对美的追求中攀升。

以宋词给人的印象而言，宋代都市开放的街市布局、园林化的城市建筑、小桥流水般优美秀雅的城市景色，不仅给当时的人留下深刻难忘的美好记忆，也是我们现在建设城市的财富——我们是有城市建设优美秀雅的历史而光荣的民族。

宋代创造了那个时代的城市发展"黄金时代"——城市快速发展，城市数量大量产生，城市在推动经济发展、提高生活质量、改变社会结构中发挥着重大、深刻的影响；今天的中国，也正在创造当代的城市发展"黄金时代"。

今天的中国，城市景致遍地开花。

目前中国正处于城市化率30%到70%的城市化快速发展阶段，我们用几十年时间赶上了西方200年的城市化历程。

但是，仅就现在城市的表面工作而言，我们并不能乐观。城市的表面工作被很多人认为是没有经济总量、GDP增长重要的表面文章，但是，在有了经济总量、GDP的大幅增长后，有一些城市给人不是优美秀雅的印象，而是千城一面的拥挤的高楼、拥挤的玻璃幕墙、拥挤的霓虹灯、拥挤的高架桥、拥挤的汽车。

城市形象对观者而言是主观印象，但也有其客观依据。

城市是以某些形态特征而具有不同的形象吸引人们，给人留下不同的感受的。同是广场，如果人们到天安门与到意大利的圣马可教堂前看到的是同样的空地与建筑；同是水景，如果人们在周庄与威尼斯看到的是同样的诗情画意；同是故宫，如果人们在北京与巴黎看到的是同样的华丽辉煌，各地的形象又如何区别？城市的特点和魅力来自何处？旅游的兴趣和动力又何在？

城市形态特征直接影响和决定城市形象。

与人的相貌一样，构成人相貌的基本成分是身材和五官，构成城市形态的也有一些基本要素。城市由自然环境和人造环境组成，除人的因素，单就物的因素而言，城市形态可细化为四个层面，即自然环境、城市一般建筑、标志建筑、城市总体布局。

自然环境：城市人造环境与自然环境的关系（一般最突出的表现是城市与水环境的关系）反映了建设城市的人的自然观，城市人对自然环境（特别是水环境）的态度，在相当程度上反映了他们的文化观念和文明程度。阅读城市，在处理城市与自然的关系上，可以看到现代化以来两种比较鲜明的有代表性的观点：一种是对自然的尊重，一种是对自然的征服，前者如澳大利亚的堪培拉，后者如巴西的巴西利亚。堪培拉的平面图是一个大十字形，由一系列湖泊形成横向"水轴"和纵向的城市建筑陆轴构成。大大小小的自然湖及人工湖蜿蜒横行整个市区，陆地建筑依附在水周围，水轴压倒陆轴，自然处于主导地位。巴西利亚是在一片荒地之上拔地而起的城市，飞鸟型城市规划不仅寄托了人类的追求，人为规划整齐划一的城市功能分区也使她被认为是乌托邦的城市。巴西利亚按城市规划设计的行政区、商业区、体育区、居住区等在荒原中傲然而立，自然成为城市人为建筑的背景和陪衬，巴西利亚体现的是人的胜利，人战胜自然、征服自然的随意和豪情。

城市一般建筑及一般建筑的组成方式：建筑是凝固的音乐符号，建筑既有居住的功能，同时也具有审美价值；从另外一个层面看，不同的建筑以及组合方式，还反映了民族性、时代性以及社会生活方式的变迁等，在这个层面上，从一般建筑去识别城市更具代表性。如北京等城市的四合院与胡同代表着传统社会的产物，而上海、武汉等城市的石库门以及里弄所代表的是工业革命时期城市化发展的产物。

城市标志建筑：城市标志建筑，也是能够代表一座城市尊严的建筑，是认识城市的最明显的象征，如埃菲尔铁塔与巴黎、大本钟与伦敦、天安门与北京、东方明珠电视塔与上海、黄鹤楼与武汉等，这些标志性建筑几乎成了它所在城市的象征符号，出现在电视天气预报、各项重要城市活动以及各种介绍城市的书籍和资料中。好的标志性建筑记录了城市历史上的辉煌时刻或者创新性发展阶段，是民族精神和意志的集中体现，是人们了解城市历史非常好的教材，是吸引人们亲近城市的纽带，也是外地人认识一个城市的首选目标。

城市总体布局：这是识别不同城市的最后一个表面。观察城市，可以看到目前世界上的城市有两种基本形态：一种是商业闹市中心区与郊区集合居住小区；一种是中心城市与中小城市或卫星城市模式。不管哪种模式，那种适应自然（特别是水道和水面）、人文环境与自然和谐而成的多样化布局都是比较合理的，像巴黎沿塞纳河的多轴线布局、圣彼得堡的水陆交替布局等。

总之，城市形态的四个表面——城市自然环境、城市一般建筑、城市标志建筑、城市总体布局是人们感受城市的具体对象和途径。

除了这些城市建筑的数量和形状等表面特征使城市的形象和表情有

所差异，在现代，给人留下好形象的城市还必须突出科学和艺术、自然与人文的更紧密结合，并且具有良好的公共服务精神。

好的城市本身是一个博物馆，而不仅仅是现代建筑群。人们从城市的形态中，从城市的地理位置、不同时期的建筑和民居中，从城市的整体布局的变化中，能够看到或读到城市的经历、城市的价值观、城市的生活方式；从城市各种住宅小区的不同，可以看到在不同时期形成的不同的空间，显示多样的意境，城市魅力尽在其中。

给人留下好印象的城市，会以特色文化影响人并让人留下深刻的记忆。就像苏州，"小桥流水人家""水陆并行、河街相邻"的水乡风貌，以及如诗如画玲珑曲折的园林景致，给人留下清悠而惬意的美好印象。

给人留下好印象的城市，也是让市民生活更美好的城市。在这样的城市，市民公共福利应放在突出地位，城市管理、发展的所有目标和动力都是围绕市民开展的。在这种观念支撑下，为市民服务的公共经济受到政府支持。在市场竞争的过程中，城市政府有效地管理起了与市民生活有关的公共经济，如优化城市公共物品结构，保证供给，不断完善城市公共物品的经营管理方式，大力发展第三产业，创造出更多的满足人们需要的物质财富和精神财富等，市民福利成为政府行动的重要出发点和准则。

未来中国，城市景致将继续遍地开花。

未来将有更多人生活在城市，城市化率将不断提高，随着城市人口的不断增长，大城市数量也将快速增加。

快速城市化的同时，我们正在反思和治理不断出现的城市病——人口膨胀、就业难、交通拥堵、环境污染等。近年来上海提出的"城市，让生活更美好""人文上海"，北京提出的"人文奥运""绿色奥运"

以及全国各地园林城市、宜居城市、幸福城市等理念和实践的推广，无疑给现代中国城市化的理性发展带来了一片新天地。

在这样的时刻，衷心祝愿中国城市的设计更科学艺术些，中国城市的形象更优雅些！让更多的城市映入人们眼帘的不是密密麻麻的水泥森林，不是泛滥成灾的广告，不是拥挤不堪的交通。

做好城市形象的工作，除了上述城市形态等客观因素外，人的因素当然是起决定性作用的。一个城市是否宜居、公园绿地是否美观，是靠人来设计和管理的；但是一个城市是否宜居、一个公园绿地是否美观，不只是设计者和管理者的责任，每个人也是城市中美和优雅的创造者、决定者。

追求美和爱会使城市更有人文味而宜居，追求美和爱，会使每个人的生活充满乐趣和希望。我们不妨在劳作之余，读一读宋词，学习其中的审美观，提高自己的审美能力、提高自己对美的生活的创造能力。

致　谢

　　拙作的出版，得益于我工作单位——武汉市社会科学院提供的良好研究环境。在此，谨向单位领导和同事表达诚挚的谢意。

　　拙作的完成，也得益于父亲吴景谦的教导，儿时父亲常给我读诗讲词，带我进图书馆。父亲的培养之恩，永生难忘。

吴　琳